insel taschenbuch 5124

Fröhliche Katzenweihnacht!

Eine kleine Katze streift auf der Suche nach Weihnachten durch die Stadt, ein junger Miezerich ist mit einer besonderen Mission unterwegs, ein vorwitziger Neuankömmling mischt das gemütliche Leben eines alteingesessenen Katers auf, und ein hilfsbedürftiges Katerchen wird unfreiwillig zum Komplizen bei einem Bankraub … davon und von vielen anderen Abenteuern, die neugierige, verschmuste und liebenswerte Samtpfoten in der Weihnachtszeit erleben, erzählen die hier erstmals veröffentlichten Geschichten von Claire Beyer, Bettina Balàka, Roberta Gregorio, Gabriela Jaskulla, Tatjana Kruse, Theresa Prammer, Julya Rabinowich u. v. a

FRÖHLICHE KATZEN-WEIHNACHT!

Die schönsten Geschichten zum Fest

Herausgegeben von
Gesine Dammel

INSEL VERLAG

Erste Auflage 2025
insel taschenbuch 5124
Originalausgabe

Umschlaggestaltung: zero-media.net, München
Umschlagabbildungen: FinePic®, München
Satz: Dörlemann Satz, Lemförde
Druck: CPI books GmbH, Leck
Printed in Germany
ISBN 978-3-458-68424-4

Insel Verlag Anton Kippenberg GmbH & Co. KG
Torstraße 44, 10119 Berlin
info@insel-verlag.de
www.insel-verlag.de

INHALT

CLAIRE BEYER
Das Krippenspiel

Die langjährige Mesmerin war in den späten Herbsttagen im hohen Alter von dreiundneunzig Jahren verstorben. Noch weit über ihren Renteneintritt hinaus hatte sie den Kirchendienst ausgeübt, teils, weil sich keine Nachfolgerin finden ließ, teils, weil sie ihre Arbeit liebte und deshalb die anfallenden Aufgaben still und zugleich emsig in der kleinen Dorfkirche ohne Entgelt, oder wie sie es nannte, für einen Gotteslohn erledigte.

Im Sommer standen stets Blumen aus ihrem Garten am Altar, im Herbst und Winter Zweige und Früchte, aber auch Ähren oder getrocknete Gebinde. Ob sie die Kirche schmückte, Gesangbücher bereitstellte oder Vorbereitungen für die Festtage traf, immer gesellte sich ein großer, schwarzer Kater zu ihr, dem sie feierlich den Namen Peterle gegeben hatte, obwohl er nicht zu ihrem Haushalt gehörte, und, wie sie wusste, auch zu keinem anderen im Dorf. Peterle war ein Vagabund, ein Freigeist, der sich in Scheunen oder Schuppen einrichtete oder wenn es die Witterung zuließ, unter Bäumen schlief. Er fing Mäuse, trank aus Pfützen oder dem Bach, der durch das Dorf floss, und die einzige Konstanz in seinem Tagesablauf zeigte sich in der Treue zu der alten Mesmerin.

Als wäre sie sein Besitztum, stolzierte er gelassen hinter der alten Dame in der Kirche herum und steuerte, nachdem sich seine Augen an die bunten Lichtreflexe der Kirchenfenster gewöhnt hatten, sofort auf eine seitlich vom Altar gelegene Treppenstufe zu. Dort hatte die Kirchendienerin ihm ein schmales Sitzkissen zurechtgelegt, auf das er sich niederließ, zusammenrollte und ein Nickerchen machte.

Im Mai stand auf Peterles Treppenplatz der schmale, mit Blütenranken geschmückte Marienaltar, und dort wurde zur Adventszeit auch der Stall für das weit über die Dorfgrenze hinaus bekannte Krippenspiel aufgebaut. In dieser Zeit musste die Mesmerin Peterles Schlafgelegenheit ein Stück zur Seite schieben, was der Kater, nach zunächst heftigem Gemaunze, dann doch in stoischer Ruhe hinnahm.

Jetzt, kurz vor Beginn der Adventszeit, betrauerte die Kirchengemeinde das Ableben der alten Dame noch weit mehr als an den sonstigen Tagen. Denn sie hatte sich um alles gekümmert, was für die Aufführung des Krippenspiels notwendig war. Zwar gab es für die baulichen Maßnahmen – wie das Stellen der über mannshohen Hütte, dem Platzieren der hölzernen Krippe für das Jesuskind oder dem Herbeischaffen der vom örtlichen Holzschnitzer gefertigten Tiere – tatkräftige Unterstützung durch die Männer der Gemeinde. Doch die gestalterische Arbeit, die Auswahl der Mitwirkenden oder das Zurechtlegen der Noten für die Musiker, war stets von der Mesmerin geleistet oder kontrolliert worden. Sie hatte Kinder motiviert, beim Spiel mitzumachen, Tannenzweige aus dem Wald geholt, Büschel von Hagebutten und andere Strauchschönheiten gesammelt, Notenblätter geordnet oder Girlanden aus Äpfeln und Nüssen gefertigt und Stroh von den Bauern besorgt und damit den Boden der Krippe ausgelegt. Diese Arbeiten mussten nun auf verschiedene Gemeindemitglieder aufgeteilt und übertragen werden, was nicht immer nur Freude hervorgerufen hatte.

Weil die Vorbereitungen des Spiels große Anstrengungen und ungewöhnlichen Lärm in der Kirche bedeuteten, wurde der Kater, der sich unbeirrt in das Gotteshaus schlich, nicht sonderlich beachtet. Allerdings hatte er auch seine bisherige Schlafstatt gegen einen Platz im Chorgestühl ausgetauscht. Unbeobachtet rollte er sich dort trotz aller Unruhe zusammen und hielt nun auf einem Platz der hohen Herren sein Nickerchen. Nur ein aufmerksamer Beobachter hätte bemerkt, dass Peterle ab und an die Augen öffnete, dem Treiben mit zusammengekniffenen Lidern zusah und herzhaft gähnend wieder in den Schlaf sank.

Die Aufstellung der Krippe war endlich zum Abschluss gekommen, und alles stand wieder genau an dem Platz, den die Mesmerin schon Jahre zuvor dafür ausgewählt hatte. Der örtliche Schreiner hatte mehr oder weniger freiwillig die Verantwortung für die Gestaltung übernommen – er hielt sich an die zahlreichen Fotografien, die er in den Vorjahren von der Weihnachtskrippe geknipst hatte – und zog sich nach Abnahme durch den Kirchengemeinderat erleichtert zurück. Schließlich gab es vor Weihnachten für seine Werkstatt noch anderes zu tun.

Nur Kater Peterle bewies Stehvermögen. Er ließ sich weder durch den Tod der Mesmerin noch durch den Trubel beirren und war weiterhin an jedem Tag im Gotteshaus, um sich zusammenzurollen und zu schlafen. Wie er in das Kirchenschiff hineinkam, blieb allerdings sein Geheimnis. Ob er das Schlupfloch in der großen, in die Jahre gekommenen Eingangstür fand, die nicht mehr ganz ins Schloss zurückfiel, oder durch das offene Fenster der Sakristei, um das sich nach der Abendandacht niemand mehr kümmerte, blieb ein Rätsel. In Verdacht war auch die versteckte Tür zum Seiteneingang, die sich durch Wind und Wetter verzogen hatte und meist nur angelehnt blieb. Der Pfarrer hätte sich eine Menge Aufruhr erspart, hätte er den Mahnungen der Mesmerin Gehör geschenkt, die diese Versäumnisse immer wieder angemahnt hatte. Doch geschehen war nichts, auch weil es an Geld für die Reparaturen fehlte.

Am Tag der Generalprobe des weithin gerühmten Krippenspiels trafen sich der Kirchengemeinderat und viele der Gemeindemitglieder in der Kirche, um das Kunstwerk mitsamt dem Theaterstück zu begutachten. Der Schreiner hatte sich ebenfalls eingefunden. Auf das ihn erwartende Lob für seine Arbeit war er dann doch zu gespannt.

Alles war bereit. Die kleine Holzkrippe war mit hellem, frischem Stroh gepolstert, stand, wo sie stehen musste, zwischen Maria und Josef. Die geschnitzten Tiere fanden sich in gebührendem Abstand im hinteren Teil des Stalls. Er war nur leicht von einer Petroleumlaterne beleuchtet; der Stern an einem langen Stab strahlte hell über das gesamte Ensemble. Die Heiligen Drei Könige, dargestellt von drei Mädchen aus der 4. Klasse, standen mit ihren Gaben (Gold, Weihrauch und Myrrhe, realiter goldenes Geschenkpapier, getrockneter Reis und zerriebene Buchenblätter) andächtig staunend hinter Maria und Josef. Die Umfriedung der offenen Scheune war wie in den Vorjahren mit Tannenreisig und Stechapfelzweigen geschmückt, und die leise, musikalische Untermalung des Ganzen setzte punktgenau ein. Nur eine Sache durfte nicht sein, das war allen, die sich als Betrachter und Mitwirkende eingefunden hatten, sofort klar, nachdem sie es entdeckt hatten.

Denn laut vernehmlich schnurrend lag neben dem Jesuskind, einer aus Sackleinen liebevoll gefertigten Puppe, kaum sichtbar und mit einer Ruhe, die nur diesen Tieren gegeben ist, der schwarze Kater Peterle. Ohne sein Schnurren wäre er vielleicht gar nicht entdeckt worden.

Halb fassungslos, halb erheitert starrte die Gruppe auf das Bild, das sich ihr darbot. Nicht lange, dann kicherten einige, während andere laut aufstöhnten. Der Vorsitzende des Kirchengemeinderats trat entschlossen an die Lagerstatt Jesu und war drauf und dran, den Störenfried aus dem liebevoll hergerichteten Strohbett zu verjagen. Doch ein verdächtiges Fauchen hielt ihn ebenso zurück wie die drei Weisen aus dem Morgenland, die sich mit kindlichem Gerechtigkeitsempfinden schützend vor den Kater stellten. Es entstand ein kleiner Tumult, der aber rasch aufgelöst wurde, da man sich darauf einigte, die Angelegenheit in Ruhe zu besprechen.

Bald gab es zwei Lager.

Während die einen sich auf Peterles Seite schlugen – hier war die Wortführerin eine Theologiestudentin, die sich bei jeder Sitzung des Kirchengemeinderats zu Wort meldete und dabei meist kontrovers geführte Diskussionen auslöste –, blieben die anderen zunächst ruhig und abwartend. Die Studentin ergriff das Wort, schaute alle Beteiligten scharf an und hielt sie in Schach, indem sie den Zeigefinger hob und den Blick in Richtung Kirchendecke richtete.

»Jesaja 1; Vers 3!«, rief sie, den Kater ins Visier nehmend.

Kollektive Ratlosigkeit war die Antwort.

»Macht es mir doch nicht so schwer, liebe Freunde! Ihr alle wisst doch, was bei Jesaja steht. *Ein Ochse kennt seinen*

Herrn und ein Esel die Krippe seines Herrn. Das ist nun mal der Grund, weshalb diese beiden Tiere in keiner Krippe der Welt fehlen dürfen. Es scheint also unumstößlich, als wäre das ein göttliches Gebot. Ist es aber nicht. Es gibt in der Weihnachtsgeschichte keinen biblischen Hinweis auf die Tiere, die sich in jener Nacht im Stall aufgehalten haben. Es könnten Pferde, Kühe oder Schafe gewesen sein. Vielleicht sogar Ziegen, Eulen oder Fledermäuse. Und natürlich auch eine Katze beziehungsweise ein Kater. Wisst ihr es? Nein! Weil es keiner wissen kann. Woher also nehmen wir uns das Recht, das kleine Katzentier zu vertreiben? Gesteht dem armen Geschöpf die Freiheit zu, die es verdient. Der heilige Franziskus …«

An dieser Stelle unterbrach sie der Vorsitzende des Gemeinderats, ermuntert vom Nicken der ihn Umstehenden.

»Selbstverständlich kennen wir alle den Vers des Jesaja, wie Sie zu Recht bemerken. Doch Jesaja 1; 3 gibt der Katze noch lange nicht das Recht, sich in die Krippe zu legen! Dieses Verhalten geht entschieden zu weit. Mit Ihrer Argumentation könnten wir auch einen Regenwurm das Holz der Krippe entlangkriechen lassen! Nein, also wirklich! Wir sind strikt dagegen.«

Doch die junge Studentin ließ sich nicht entmutigen. Wieder schnellte ihr Zeigefinger hoch, um dort weiterzumachen, wo sie unterbrochen worden war.

»Der heilige Franziskus …«

Jetzt mischte sich endlich der Pfarrer ein, nachdem er mit seiner erprobten Predigerstimme laut »Stopp!« gerufen hatte. Zum einen habe der heilige Franziskus nichts mit dem Krippenspiel zu tun, zum anderen sei er der Hausherr, und daher bestimme er, dass die Katze, zumindest wenn sich die Gläubigen auf das Krippenspiel konzentrierten, aus der Kirche entfernt werden müsse.

Das wiederum brachte die Heiligen Drei Könige zum Heulen.

Weinende Kinder, zumal in prachtvollen Königsgewändern, ließen eine peinliche Stille entstehen. Einige Elternteile bewegten sich auf die Mädchen zu, um sie zu trösten.

Doch Kater Peterle hatte längst das Weite gesucht und war auf einem unbekannten Schleichpfad verschwunden. Ihm waren die vielen Menschen, die seinen Schlaf so rüde gestört hatten, schnell lästig geworden. Die Mesmerin hatte er gern um sich gehabt, sie war in ihren Bewegungen nie hektisch gewesen, hatte wie er die Stille gesucht. Jetzt wurde geschrien, geweint und gekichert, und Futter war auch nicht mehr zu erwarten. Als Vagabund wusste er instinktiv, wo es etwas zu holen gab und wo nicht. Diese Versammlung hatte offenbar nichts anderes im Sinn, als ihn zu stören. Er sah zu, ins Freie zu kommen.

Nachdem der Störenfried verschwunden war und endlich Stille eingesetzt hatte, wurden die Proben ohne weitere Unterbrechungen fortgesetzt, und in die allgemeine Zufriedenheit über die gelungene Generalprobe mischte sich ein Wohlwollen, das bis zum Heiligen Abend Bestand hatte.

An Heiligabend war die Kirche voll besetzt. Auch der eine oder andere Neugierige – denn der Vorfall mit Kater Peterle hatte sich wie ein Lauffeuer verbreitet – war hinzugekommen und machte den regulären Kirchenbesuchern ihren Platz streitig. Das Krippenspiel begann nach einer kurzen Eingangsliturgie mit Gesang und Gebet. Jeder Akteur kannte seinen Text, der Stern funkelte, die Kirchenbesucher reckten die Hälse, um auch vom hinteren Teil aus gut sehen zu können. Die Musik der Orgel untermalte mit dem Chor das Geschehen, und die biblische Dramaturgie wurde gekonnt umgesetzt. Der Vorsitzende des Kirchengemeinderats war gerührt und wischte sich ein paar Tränen aus den Augen. Die Theologiestudentin reichte ihm dafür ihr Spitzentaschentuch, die Eltern der Weisen aus dem Morgenland zückten verstohlen ihre Handys, um Videos aufzunehmen, und nur ein kleiner Zweig löste sich vom Dach der Scheune, der aber vom Schreiner schnell und diskret aufgehoben und entsorgt wurde.

Die Erleichterung aller Beteiligten über den makellosen Ablauf der Aufführung und den überbordenden Applaus war groß. Überall sah man in strahlende Gesichter. Beim Abschluss der Messe sollte die Gemeinde nun innehalten und ein stilles Gebet zum Himmel schicken.

Jedes Räuspern wurde unterdrückt, kein Atemzug war zu hören, kaum dass der Pfarrer die Gemeinde darum bat.

Als sich alle gesammelt hatten, um der Bitte Folge zu leisten, war es in der Kirche mucksmäuschenstill geworden. Die einen dachten an das vergangene Jahr, andere an den Weihnachtsbraten, als über die Lautsprecher deutlich ein sanftes Schnurren zu vernehmen war. Zunächst noch verhalten, dann lauter und lauter. Eindeutig und ohne jeden Zweifel stammte das zarte Geräusch von einer Katze.

Kater Peterle hatte sich für sein weihnachtliches Nickerchen diesmal einen Platz hinter der Krippe ausgesucht, wo ihn so schnell niemand entdecken konnte. Aber genau dorthin hatte man nach dem Auftritt die Mikrofone der beteiligten Schauspieler gelegt und vergessen, sie abzuschalten. Dieses Versäumnis wäre der alten Mesmerin niemals unterlaufen, und in das zufriedene Schnurren mischte sich das Kichern einiger Kirchenbesucher. Wobei eine Frau besonders auffiel, weil sie laut lachte. Es war die Theologiestudentin.

Peterles Aufenthalt in der Kirche wurde nach dieser Christmesse nie mehr in Frage gestellt. Und nicht wenige kamen ins Gotteshaus, um nach der Messe etwas Futter für den schwarzen Kater auf die Mauer oder vor die Tür zum Seiteneingang zu legen. Der kleine Kerl nahm es gelassen an.

JULYA RABINOWICH
Süßer die Katzen nie klingen

Die Luft in der Wohnung war warm und zu trocken, die Luft, die durch die geöffnete Tür hineinströmte, war kalt und roch nach Holzrauch. Sie mochte diesen Geruch, er erinnerte sie an ihre Kindheit, an das Häuschen ihrer Großmutter, das nur mit einem kleinen Ofen geheizt wurde, an gebackene Äpfel und in Rum eingelegte Rosinen. Sie öffnete die Balkontür noch weiter und sog die Erinnerungen ein, die mit der kalten Luft hereinströmten. Die Großmutter hatte ganz allein in diesem kleinen Hexenhaus gelebt, begleitet von unzähligen Katzen. Die Menschen im Dorf mieden sie, sie war suspekt, die zugezogene Stadtfrau, die sich mit Büchern in ihrem Heim verschanzte, mit ihrer Schreibmaschine. So lange her.

»Wann kommst du wieder?«

»Hab ich dir doch schon mehrmals gesagt. Wir fahren zum Tierarzt, dann zu meiner Mutter. Und dann zurück.«

»Der Tierarzt ist echt teuer.«

»Die Katze ist es mir auch.«

Sie strich die dunkle Haarsträhne aus dem Gesicht und hob den Katzenkorb, in dem verräterische Stille herrschte. Sobald sie in der Tierklinik angelangt war, würde das Konzert beginnen, die Katze kannte das Prozedere zur Genüge und wusste bereits, was ihr blühte, wenn der Korb vom Vorzimmerschrank heruntergewuchtet wurde. Die Katze war schon älter und weise, sie setzte die ihr verbliebene Energie mit Umsicht ein und sparte ihre Kräfte für den perfekten Auftritt.

»Immer bist du weg«, brummelte er hinter ihr her. Sie drehte sich in der Tür nochmals um. Da stand er, mit zerzaustem zu langem Haar und unter dem hochgerutschten T-Shirt hervorquellendem haarigem Bauch. Eine Landkarte des Fitnessversagens.

Sie seufzte.

»Die Katze ist nicht gesund. Und meine Mutter auch nicht.«

»An mich denkst du dabei überhaupt nicht. Oder?«

»Bist du krank?«

»Nein.«

»Fein. Dann gehe ich jetzt.«

»Blöde Kuh«, murmelte er, gerade so laut, dass sie es noch hören konnte. Sie tat, als hätte sie es nicht gehört und warf die Tür hinter sich zu. »Bussi«, schrie er ihr nach.

Als sie nach Hause zurückkam, sank schon der Abend über die Dächer und der Mond stand in Sichelform im Fenster. Er lag auf der Couch, die Zeitung vor sich auf dem Bauch aufgestellt, seine Fußsohlen, die sie als Erstes sah, hatten dieselbe Farbe wie der Nachthimmel, nur ohne Sterne.

»Bin wieder da.«

»Ich habe Hunger.«

Sie stellte den Korb ab, hob die Stifte, die das kleine Raubtier in die Freiheit entlassen sollten, die dunkelgetönte dreifärbige Katze stürmte hinaus und verschwand auf den Balkon.

»Du hast die Tür nicht zugemacht! Wie oft habe ich dir gesagt, du sollst die Tür zumachen, sie könnte rausgehen und abstürzen!«

Eine Woche später erwischte sie ihn dabei, wie er nach der Katze trat.

»Sag mal, spinnst du?!«

»Das Mistvieh hat schon wieder in meine Schuhe gebrunzt!«

Die olfaktorische Veränderung im Vorzimmer bestätigte seine Aussage, ihr Mitleid hielt sich sehr in Grenzen.

»Sie spürt halt, dass du sie nicht magst.«

Sie ging ins Bad, stellte sich unter die Dusche, versuchte, das Plätschern des Wassers besser zu hören als sein Wutgeschrei. Ihre Großmutter hatte allein gelebt. Kein drecksfüßiger Mann hatte ihre Katzen belästigt. Oder sie selbst. Bücher, der kleine Ofen, Schnee auf der Veranda. Heißer Tee mit Kandis und Milch. Und Ruhe. Ganz viel Ruhe. Aus dem Wohnzimmer jaulte es. *Jingle bells, jingle all the way.*

Sie trocknete sich ab, den Rosenduft des Duschgels in der Nase, und betrachtete sich im Spiegel: eine immer noch ganz hübsche Frau, fand sie. Ein wenig graues Haar und etwas Molligkeit störte das Gesamtbild nicht. Ihre Brüste waren weich und rund. Sie wirkte um Jahre jünger als er, und als sie aus dem Bad kam, bedachte er sie mit einem feindseligen Blick. Als sie sich schon ins Bett gelegt hatte, die frische Bettwäsche zart auf der eingecremten Haut, und bevor sie das rosa Nachtlicht ausknipste, hörte sie, wie er im Wohnzimmer zu der Katze sprach. Es waren keine freundlichen Worte. Sie rief die Katze zu sich ins Schlafzimmer, hob sie hoch und sah mit ihr gemeinsam auf die weihnachtlichen Lichter der Stadt. In der Innenstadt glühte die Weihnachtsbeleuchtung in verschiedenen Formen, rote riesige Kugeln in der Rotenturmstraße, weiße längliche Gewindebänder am Graben, Tannenformen auf großen Gebäuden am Ring. Die Ringstraße gesäumt mit langen, gebogenen

Lichtbögen, die die Wiener respektlos »das Walgerippe« nannten. Sie hatte das Gefühl, dass ihre Verortung falsch war. In dieser Wohnung. In dieser Stadt. Zu dieser Zeit. Die Katze schmiegte sich an sie und schnurrte. Sie vergrub ihre Finger in das lange, seidige Fell. Wie konnte man dieses kleine Wunderwerk der Biologie denn nicht bewundern, nicht lieben? Was machte sie mit einem, der diese filigrane Schönheit nicht anerkannte? Passte so einer noch zu ihr und in ihre Lebenszeit?

»Du schläfst heute auf der Couch«, zischte sie ins Wohnzimmer hinein, versperrte die Schlafzimmertür und drehte die *Zauberflöte* so laut, dass die Musik seine Antwort hinfortspülte.

Am nächsten Tag packte sie einen kleinen Koffer für sich und für die Katze, verließ das Haus, während er noch auf dem Sofa schnarchte, und setzte sich ins Auto. Das Häuschen der Großmutter war ja noch da. Nur die Großmutter nicht mehr. Sie war seit Jahren nicht mehr dort gewesen. Sie seufzte, fuhr los. Wien lag grau vor ihr, sie war froh, die Stadt hinter sich zu lassen. Es begann zu schneien, der Schnee dämpfte die Geräusche und ihre Gedanken. Die Katze saß ganz still auf der Rückbank. Das Häuschen lag am Rand einer kleinen Ortschaft, nicht einmal eine Stunde von Wien entfernt. So lange war das her. Als sie die steile Straße den Hügel hinauffuhr, drehten die Räder einmal durch. Ein kurzes Erschrecken. Und dann noch ein weiteres Erschrecken: Die Fenster des Häuschens waren erleuchtet. Wer zum Teufel sollte dort sein, jetzt? Sie ließ die Katze im Auto und kämpfte sich durch die erste dickere Schneeschicht die Steigung hinauf. Aus dem Schornstein stieg Rauch auf. Es war eindeutig jemand da. Die Tür war nicht versperrt, sie holte tief Luft, es roch nach ihrer Kindheit. Sie drückte die Tür auf. Der Flur war dunkel, in der Küche brannte jedoch Licht.

»Hallo? Wer ist denn da?«

»Wer ist denn dort?«

Die Stimme kannte sie. Durch den Türspalt zur Küche drängte sich eine schwarze Katze und lief auf sie zu, rammte das Köpfchen in ihre Wade und sang ihr Katzenliedchen. »Mama, was machst du denn hier? Bist du nicht bei Papa?«

Ihre Mutter erschien im Flur, eine bunte Schürze mit Rosen um ihren Bauch, die Haare in einem gewundenen Zopf hochgesteckt, beinahe ein Echo der Großmutter.

»Das könnte ich dich wohl auch fragen?«

»Ich bin auf der Flucht vor Erich.«

»Und ich vor deinem Vater. Er treibt mich heuer in den Wahnsinn. Nicht mal einen Tannenbaum wollte er besorgen. Aber bekochen sollte ich ihn – rund um die Uhr.«

Die schwarze Katze wand sich um ihre Füße und sang. »Ich muss noch meine Clementine holen. Sie ist im Auto.« Auf halbem Weg brüllte sie noch: »Erich kann sie nicht mal ein bisschen leiden! Ist es nicht unfassbar? Mich gibt's nur im Doppelpack! Das wusste er!«

»In zwei Tagen ist Weihnachten«, rief ihr die Mutter nach. »Bleibst du wirklich hier?«

»Natürlich«, rief sie zurück. »Machen wir Bratäpfel, wie die von Oma?«

»Und wir singen Katzenlieder«, strahlte sie die Mutter an. »Hexenweiberweihnachtslieder.«

ILKE S. PRICK
Kein Kätzchen ist eine Insel

Ich sitze am Fenster. So wie gestern. So wie vorgestern. Ich schaue hinaus. In der Kastanie im Hof gurren die Tauben, und auf dem Dachfirst sitzt eine Amsel, ganz still. Ich ahne, dass sie mich beobachtet, genau wie ich sie. Wir tun so, als ob das nicht der Fall wäre, wissen aber beide, dass das nicht stimmt. Ich bin ein Profi im mich schlafend Stellen. Im heimlich durch halb geschlossene Lider Blinzeln. Im Anpirschen und Zuschlagen. Sie ist eine Meisterin der Provokation – und im rechtzeitigen Verschwinden. Jetzt, im Winter, wenn ich nur selten auf den Balkon darf, sitzt sie nachmittags sogar auf der Brüstung im Sonnenlicht, und es scheint, als kichere sie still in sich hinein. Zwischen uns ist nur die Balkontür. Der Wind bläht ihr schwarzes Kleid und lässt sie doppelt so dick und appetitlich erscheinen, als sie tatsächlich ist. Und obwohl auch sie meist so tut, als würde sie schlafen, merke ich, wie ihr kleines Köpfchen immer wieder zuckt, ein Auge in den Himmel gerichtet, ein Auge auf mich, die ich mich hinter der Glasscheibe in meinem Körbchen in Trance übe. Die Amsel und ich, wir kennen uns schon länger. Im Februar werden es drei Jahre. Als ich hier einzog, war ich noch ein kleines Kätzchen und sie ein pluderiger Federball.

Im Sommer, wenn ich hinausdarf, meidet sie Lises Balkon. Lise ist ein vorsichtiger Mensch. Und sie liebt mich. Sehr sogar. Darum ist im Sommer der ganze Balkon mit einem feinen Netz verhängt, damit ich nicht auf Abwege gerate. Für mich ist dann Endstation Blumenkasten. Und für die Amsel auch, nur auf der anderen Seite des Netzes. »Ich mach das bloß, damit ich dich noch länger habe, Kitty«, sagt Lise, wenn sie das Netz befestigt, und ich tu ein bisschen beleidigt, weil ich merke, dass sie das erwartet. Keine fünf Minuten später fläze ich mich aber schon auf den dicken Sitzkissen des Palettensofas und schau mir gemütlich die vorbeifliegenden Appetithappen an. Im Grunde ist mir das mit dem Netz egal. Ich wäre nie so blöd, mich aus dem 3. Stock zu stürzen wegen ein paar Vögeln, denn die Versorgung hier ist viel zu gut, als dass ich zusätzliches Federvieh bräuchte. Lises Hühnchen in Aspik reicht mir vollkommen. Und wenn die Amsel da draußen wüsste, dass ich sie gar nicht fangen und rupfen möchte, um sie mir anschließend einzuverleiben, vielleicht würde sie darauf verzichten, sich so demonstrativ zu plustern. Im Winter nimmt Lise das Netz wieder ab, und ich muss drinnen bleiben. Sie legt es in die Kammer zum Werkzeug und den Gummistiefeln. Im Winter nämlich stellt Lise Nüsschen und Rosinen für die Vögel raus. »Damit du ein bisschen Katzen-Kino hast und die armen Viecher nicht verhungern.« Ich danke es ihr mit lautem Schnurren.

Katzen-Kino im Winter ist toll, auch wenn ich im Dezember weniger die Vögel als die anderen Fenster beobachte. Je grauer und kürzer die Tage werden, desto mehr erwacht das Haus zum Leben. Frau Dinzel im vierten Stock zum Beispiel. Die hängt bunte Lichterketten in all ihre Fenster und einen großen Stern in die Küche. Wenn es dunkel ist, blinken grüne, blaue und rote Kerzen im Takt. Mal langsam wie zu »Stille Nacht«, mal schneller wie zu »Jingle Bells«.

Herr Dinzel ist sich nicht sicher, ob die Nachbarn dieses blinkende Weihnachtsparadies genauso lieben wie seine Frau, aber es meckert niemand, und auch ich finde die Lichter toll, weil ich mich dazu wunderbar in meine Katzen-Müffchen-Meditation versenken kann. Und weil Herr Dinzel sie so lieb hat, also nicht die Nachbarn oder die Lichterketten, sondern seine Frau, blinkt es bei ihnen zwischen dem ersten Advent und dem Dreikönigstag fröhlich jeden Abend bis um elf. Unter den Dinzels wohnen die Nasirs. Sie stellen an Weihnachten zwar keinen Tannenbaum auf, aber Malak und Hammoudi haben das ganze Küchenfester mit großen Schneeflocken aus Papier dekoriert, die sie wohl in der Kita gebastelt haben. Und auch bei ihnen umrankt nun eine Lichterkette das Küchenfenster und beleuchtet das Papierschneesterngestöber. Außerdem haben sich anscheinend Herr Beringer im Ersten und Frau Krack im Erdgeschoss zusammengetan; seit dem Wochenende klettert ein lebensgroßer Weihnachtsmann von Frau Kracks Terrasse hinauf zu Herrn Beringers Balkon. Natürlich ist es kein echter, denn den Weihnachtsmann gibt es gar nicht. Der ist nur eine Erfindung der Schokoladenindustrie, das wisse doch jedes Kind, sagt Lise immer, bevor sie die Werbung mit dem Koch mit der hohen weißen Mütze und dem Schokoweihnachtsmann abschaltet. Und jede Katze wisse das auch, ergänzt sie dann mit Blick auf mich, wenn ich mich maunzend beschwere, weil ich eigentlich ganz gern vor dem Fernseher herumliege, um ein bisschen Menschen-Kino zu sehen. Kann sein, dass Lise recht hat mit dem Weihnachtsmann und der Schokoladenindustrie, aber ich bin überzeugt, dass es zumindest einen Weihnachts*kater* gibt.

Wer sonst sollte in der Heiligen Nacht Leckerli auf mein Katzenkissen streuen, wenn ich schlafe? So war es jedenfalls die letzten beiden Jahre. Dieser Weihnachtsmann an der Hauswand zwischen Frau Krack und Herrn Beringer sieht verdammt echt aus. Knallroter Mantel, dicke Stiefel, große Handschuhe und ein gut gefüllter Geschenkesack auf dem Rücken. Es gab ein großes Hallo, als die beiden ihn am Wochenende befestigt haben. Alle Nachbarsfamilien standen im Hof und waren begeistert. Alle, außer Lise und mir. Frau Krack hat Glühwein und heißen Kinderpunsch gemacht, Frau Dinzel selbst gebackene Weihnachtskekse gereicht, und die Nasirs haben Man wa Salwa und Pistazienröllchen spendiert. Auch wenn die Nasirs zu Hause nicht Weihnachten feiern – Partys im Hof lieben sie sehr, und das arabische Konfekt aus ihrer Konditorei im Vorderhaus passt immer. Das ist superlecker. Sagen jedenfalls die anderen. Sogar Lise, wenn nicht gerade Weihnachten ist. Ich bin ja nicht so für Süßes, aber Leckerli gibt es im Laden der Nasirs leider nicht. Alle waren also unten, nur wir nicht. Im Sommer darf ich durch den Hof streunen, wenn Lise dabei ist – aber im Winter ist das Rausgehen für mich tabu, sagt sie. Und so schauten wir am Sonntag beide von oben zu, wie sich die anderen bei ihrer spontanen Adventsparty amüsierten. Lise stand im Wohnzimmer halb hinter der Gardine, ich lag gemütlich auf der Küchenfensterbank. »Hoffentlich fangen sie jetzt nicht noch an zu singen«, murmelte sie leise, denn sie mag keine Weihnachtslieder. Ich hingegen höre sie ganz gern. Bei einigen kann ich sogar mitschnurren. Doch auch die Weihnachtssongs stellt Lise immer ab.

Wenn man das, was Lise da an Weihnachten tut, alles

hautnah – oder besser fellnah – mitbekommt und eins und eins zusammenzählt, ist es unschwer zu erraten: Lise hasst Weihnachten. Abgrundtief. Angefangen bei Stollen und Punsch über Adventsgestecke und Nikolausstiefel bis hin zu Weihnachtsbaum, Lametta und Geschenken. Ob *ich* Weihnachten hasse, weiß ich nicht, denn ich habe noch nie richtig Weihnachten gefeiert. Als ich noch bei meiner Mama in der Familie war, bin ich noch zu klein gewesen, um mich zu erinnern, und mit Lise bekomme ich keine Chance, es auszuprobieren. Doch wie das so ist mit Sachen, die man nicht darf oder nicht bekommt: besonders *die* reizen am meisten. Das ist so wie mit den Leckerli, die ganz weit hinten unter die Couch gerollt sind und die eigentlich nur mit einem Teleskop-Pfötchen zu erreichen wären. Oder wie die irrige Hoffnung, dass sich der Kühlschrank vielleicht doch von allein öffnet, wenn man nur lange genug davorsitzt und ihn hypnotisiert. Und so habe ich an dem Kletterweihnachtsmann-Nachmittag am 4. Advent, als die anderen im Hof tatsächlich irgendwann »Morgen kommt der Weihnachtsmann« sangen und das Feuer im Feuerkorb vor der Gemeinschaftsbank so gemütlich den immer dunkler werdenden Nachmittag erstrahlen ließ, einen Entschluss gefasst. Du bist am Nikolaustag drei geworden, Kitty, sagte ich mir, alt genug, um dir selbst ein eigenes Weihnachten zu suchen. Und wenn Lise nicht dabei sein will, dann findest du es ohne sie.

Das klingt vielleicht durchdacht. Doch zu sagen, ich hätte einen Plan gehabt, wäre übertrieben. Ein Entschluss ist nun mal kein Plan. Ein Plan ist etwas, das genauen Wegen folgt, Abzweigungen erwägt und Sackgassen vorhersieht. Ein Plan kalkuliert meist auch Möglichkeiten für Umwege und Umleitungen mit ein. Das aber wurde mir erst viel später klar. Als es am Heiligen Abend so gegen halb vier bei uns an der Tür klingelte, verschwendete ich daran keinen Gedanken. Es kam ein Paket für die Meyers unter uns. Die waren zwar über Weihachten verreist, bekamen aber trotzdem Unmengen von Paketen. Der sympathische und sehr schüchterne Typ vom Paketdienst musste erst einmal langwierig nach dem Gerät suchen, auf dem Lise wie immer ihr L. Hofstätter malte, bevor sie ihn anlächelte und er wie blöde zurücklächelte. Warum sie nicht endlich auch mal ihre Telefonnummer dazuschrieb, habe ich nicht verstanden, denn selbst ich, die unten um Lises Beine schlich, hatte schon vor mindestens drei Monaten bemerkt, dass es sie vielleicht ein bisschen glücklicher machen würde, wenn da jemand wäre, der sie auch außerhalb der Postboten-Dienstzeit so nett anlächelte wie Arif. Denn so hieß der nette Postbote. Seit er unsere Pakettour fuhr, hatten die beiden schon sehr häufig zwischen Tür und Angel geplaudert. Und mir war ebenfalls nicht entgangen, dass Lise seither erheblich mehr im Internet bestellte als früher. Auch diesmal standen sie zwischen dem Wohnungsflur und dem zugigen Treppenhaus und redeten und redeten, ohne dass die Zauberworte *Telefonnummer*, *Kaffeetrinken* oder *Leckerli* fielen. Lise hatte nur Augen für Arif, so hielt ich den Zeitpunkt für gekommen, mich endlich auf die Suche nach Weihnachten zu machen.

Unbemerkt abzuhauen, war nicht weiter schwierig, denn, wie gesagt, im lautlosen Pirschen bin ich supergut. Die Meyers im Zweiten waren bekanntlich verreist, und die Müllers im Ersten mochte ich nicht. Also einfach die Treppe weiter runter und durch die offene Hoftür hinaus in den Gemeinschaftsgarten. Der beste Ort, Weihnachten zu finden, ist sicher das Vorderhaus. Ich duckte mich ins Efeu und hielt schnuppernd das Näschen in die Luft. Es roch nach Butter und Vanille. Der Duft wehte aus Frau Kracks geöffneter Terrassentür zu mir herüber. Sie hatte wohl auf den letzten Drücker noch etwas gebacken. Vorsichtig schlich ich durchs Grün, um dann wie der Blitz über ihre Terrasse zu düsen und – huuuuiiii – über die glatten Fliesen mitten hinein in ihre Küche zu schlittern. Genau vor ihre Füße.

»Oh, wen haben wir denn da?«, säuselte Frau Krack, was eine ziemlich blöde Frage war, denn Frau Krack und ich kannten uns ja seit meinem ersten Sommer bei Lise. Menschen stellen manchmal wirklich dumme Fragen. Doch ich bin ja nicht unhöflich und antwortete mit meinem bezauberndsten *Mauuu*. »Wolltest du mir einen kleinen Weihnachtsbesuch abstatten?«, fragte sie weiter, und ich antwortete erneut mit einem *Maauuu*, was diesmal aber nicht *Ich heiße Kitty, das wissen Sie doch!* bedeuten sollte, sondern: *Ja, ich bin gekommen, um bei Ihnen mein ganz persönliches Weihnachten zu finden.* »Ah, ich verstehe«, sagte Frau Krack, die überhaupt nichts verstanden hatte, »du kommst, weil du ein bisschen Appetit auf Sahne hast. Wie gut, dass ich hier noch welche übrig habe.« Mit diesen Worten löffelte sie mir einen kleinen weißen Wolkenberg auf eine geblümte Untertasse, die sie mir vor die Nase stellte. Mmm, roch das herrlich! Natürlich, es roch wie Sahne – aber eben auch ein bisschen nach Weihnachten. Vielleicht gehörte Sahne ja zu einem richtigen Weihnachtsfest? Im Nullkommanichts hatte ich das Tellerchen leer geschlabbert. »Vermisst dich denn die

Lise nicht?«, fragte Frau Krack nun und kraulte meinen Rücken. Oje, was für eine Frage. Diesmal verkniff ich mir eine Antwort, um nicht zu verraten, dass Lise mich *noch* nicht vermisste, denn ich konnte leise Arifs Stimme aus dem Treppenhaus drüben hören, aber dass sich das schlagartig ändern würde, sobald Arif gegangen wäre. Und bis dahin müsste ich meinem Weihnachten ein bisschen mehr auf die Schliche gekommen sein. So strich ich schnurrend um Frau Kracks Beine, damit sie nicht weiterfragte, sondern mir half, mein Weihnachten zu finden. »Na gut«, murmelte sie dann, »ich muss los. Der Robert wartet sicher schon.« Der Robert, das war der Herr Beringer. Aha! Ich schnurrte etwas lauter. Herr Beringer gehörte also zu Frau Kracks Weihnachten. Und vielleicht ja auch zu meinem? Sie schloss die Terrassentür, steckte mehrere Geschenke und Tütchen mit Keksen in eine große Tasche und trug vorsichtig die riesige Sahnetorte vom Küchentisch zur Wohnungstür. Sie zögerte kurz, doch dann sagte sie: »Komm, Kitty, hier kannst du nicht bleiben. Wahrscheinlich hat Lise dich versehentlich ausgesperrt und wird dich suchen, wenn sie's merkt. Aber heute ist Weihnachten. Da sollte niemand draußen frieren, auch keine kleine Katze.« Mit diesen Worten bugsierte sie mich, die Geschenke und die Torte in den Hausflur und balancierte alles in den ersten Stock zu Herrn Beringer. Das heißt: ich lief die Stufen natürlich selber hinauf. Ich war gespannt, wie Weihnachten bei Herrn Beringer sein würde, aber als er auf Frau Kracks Klingeln hin öffnete, wirkte es so, als wäre er ebenfalls auf dem Sprung. »Einen Moment, Madeleine«, brummte er wie ein Bär. Obwohl er keiner war. Er tat nur so, immer wenn Frau Krack in der Nähe war. Das war mir schon im letzten Sommer aufgefallen. Menschen sind wirklich merkwürdig. Anstatt uns hineinzubitten, ließ er uns einfach im Treppenhaus stehen und kam kurze Zeit später mit einem großen, in Packpapier eingeschlagenen Paket zurück. Es roch wunderbar. Nach Würstchen. Spielten an Weihnachten denn nicht nur Sahne und Kekse eine Rolle, sondern auch Wurst? Ich wurde immer aufgeregter. Würde ich heute zwischen Würstchen und Sahne, zwischen Herrn Beringer und Frau Krack tatsächlich Weihnachten finden? Herr Beringer schloss seine Tür, und wir gingen weiter nach oben. Bei den Schmidts im Zweiten klingelten wir nicht, denn die waren Spielverderber. Sie hatten sogar schon mal die Polizei gerufen, als eine unserer Partys im Hinterhof besonders lustig war und niemand auf ihre »Ruhe, verdammt!«-Rufe reagieren wollte. Dabei waren es eigentlich ganz oft die Schmidts, die für alle zu hören waren. Wenn sie sich stritten, war es immer so laut, dass alle Nachbarn mitbekamen, worüber Herr Schmidt sich aufregte und was Frau Schmidt mal wieder gemacht hatte oder eben *nicht* gemacht hatte. Für uns drei ging es weiter nach oben. Im Dritten klingelte Herr Beringer bei den Nasirs. Hammoudi öffnete. Er war kaum wiederzuerkennen. Er trug ein gebügeltes Hemd, das ausnahmsweise keine Spuren von Fingerfarben oder Sandkastenmatsch hatte. Und auch seine Schwester, Malak, hatte sich fein gemacht. Keine Jeanslatzhose, keine wilde Mähne, sondern ein geflochtener Zopf und ein Kleid mit Glitzerfäden. »Wir kommen gleich nach«, rief Herr Nasir aus der Küche, aus der ein weiterer betörender Duft mein kleines Näschen streifte. Käse und Gewürze und Hack. Noch bevor ich mich fragen konnte, ob zu Weihnachten auch Hackfleisch gehörte, und dass man sich schön anzieht, ging es weiter nach oben. Vorsichtshalber beschloss ich, mich zu putzen und sonntagsfein zu schlecken, sobald sich die Gelegenheit dazu ergäbe. Und dann stoppte unsere kleine Karawane vor der Wohnung der Dinzels. Natürlich! Hier musste das Weihnachtsparadies sein. Wo sonst als zwischen blinkenden Sternen und Girlanden? Herr Dinzel öffnete die Tür, und da war es tatsächlich. Allerdings noch viel schöner, als ich es mir vorgestellt hatte. Auch hier duftete es: nach Wald und Honig, nach warmem Sofa und Gemütlichkeit, nach Kartoffelsalat und Fisch. Musik kam aus dem Wohnzimmer, und als wir eintraten, sah ich ihn. Uuuiii war der schön. Ein Baum mit bunten Kugeln und Kerzen, mit Glitzer und einigen Papierschneeflocken, die vermutlich von Malak und Hammoudi stammten. Vorsichtig tapste ich ins Wohnzimmer, während die anderen sich noch begrüßten. »Ihr habt Kitty mitgebracht?«, hörte ich Frau Dinzel fragen. »Kommt Lise denn auch noch?« Doch die Antwort bekam ich nicht mit, denn ich war so gefangen genommen vom Anblick dieses Glänzens und Funkelns und dieser Düfte, die den Schalen auf dem Esstisch im Wohnzimmer entströmten, dass ich alles um mich herum vergaß. Plötzlich entdeckte ich mein Spiegelbild in einer der Weihnachtskugeln und sah, wie zerrupft ich aussah nach meiner kleinen Flucht. Also setzte ich mich erst mal ganz still unter den Baum und begann, mich zu putzen. Ich wollte auf keinen Fall riskieren, dass ich auch in diesem Jahr kein Weihnachten finden würde, jetzt, wo ich so dicht dran war. Und als nun noch die Nasirs kamen und Falafel, Schafskäseröllchen und Kibbe mitbrachten, diese köstlichen Hackfleischklößchen, von denen ich bereits im Sommer eines probieren durfte, fiel mir auch wieder ein, dass wir im Frühjahr alle zusammen mit den Nasirs das Zuckerfest gefeiert hatten, das große Fastenbrechen nach dem Ramadan. Und dass wir alle dann beschlossen hatten, uns an Weihnachten wiederzutreffen. Also gehört zu Weihnachten wohl auch, dass man all die leckeren Sachen nicht allein, sondern zusammen isst und Spaß hat. Ich blickte in die Runde und wusste, dass ich Weihnachten liebe – und dass Lise wirklich etwas verpasste.

Dann ging es los mit dem Essen, mit dem Trinken und mit dem Fröhlichsein. Malak hatte dafür gesorgt, dass ich ein eigenes Tellerchen bekam, mit Matjes und Kibbe und einem kleinen Stückchen von den Schafskäseröllchen. Ich war so richtig schön am Schlemmen, als es an der Tür klingelte. Wer fehlte denn noch? All unsere lieben Nachbarn waren hier. Doch dann hörte ich Arifs Stimme, und auch ein leises Schniefen war zu vernehmen. Lise! Ich hatte sofort einen riesigen Kloß im Bauch vor lauter schlechtem Gewissen. Bei der Suche nach meinem ganz persönlichen Weihnachten war ich hier gelandet und saß gemütlich und warm bei leckerem Essen und schöner Musik auf einem Ehrenplatz unter dem Tannenbaum, während die Person, die mich am allerliebsten auf der ganzen Welt hatte, voll Sorgen nach *mir* suchte. Es gab ein riesiges Hallo, als Lise und Arif das Wohnzimmer betraten. »Lise, wie schön, dass du doch kommst!«, rief Frau Dinzel. »Und wie schön, dass du Arif mitbringst«, sagte Herr Beringer. »Das wurde auch langsam Zeit«, flüsterte Frau Krack, der ebenfalls nicht entgangen war, dass die Übergabe der Pakete an Lise immer länger dauerte als bei den restlichen Familien im Haus und dass es dafür anscheinend andere Gründe als den verlegten Paketscanner gab. Kleinlaut maunzte ich eine Entschuldigung, als Lise mich schließlich unter dem Baum entdeckte. Ohne ein einziges *Maauuu* abzuhauen, um auf die Suche nach Weihnachten zu gehen, war wirklich keine nette Art, aber Lise war nicht böse. Sie schloss mich nur erleichtert in die Arme und kraulte mich ordentlich durch. Der Kloß in meinem Bauch löste sich auf und machte Platz für einen Klecks Sahne von Frau Kracks Torte. Herr Dinzel kam mit zwei Klappstühlen aus der Küche. »Kommt, setzt euch«, sagte Herr Nasir. »Niemand ist eine Insel. Schon gar nicht heute.« Er rückte zur Seite, damit Lise und Arif Platz am Tisch hatten. Herr Nasir liebt Literatur, und ich erinnerte mich, dass das mit der Insel ein Gedichtanfang war. Ich kannte das aus einem Film, den ich mal mit Lise zusammen gesehen hatte. In dem ging es auch darum, dass niemand eine Insel ist, die ganz allein für sich sein kann, sondern dass jeder Teil eines Ganzen ist und wir alle eine Gemeinschaft brauchen. Menschen, mit denen wir reden und feiern, mit denen wir traurig und fröhlich sein können. An Weihnachten, an Chanukka, am Zuckerfest – und an all den anderen Tagen im Jahr. Denn vielleicht ist es das, was ich wirklich auf der Suche nach meinem Weihnachten herausgefunden habe: bei all dem Matjes und der Sahnetorte, bei Tannenbaum und Klingglöckchen, bei Geschenken und Kinderpunsch ist es doch am wichtigsten, dass wir alle zusammen sind. Egal, ob es den Weihnachtsmann nun gibt oder nicht. Und vielleicht dachte das auch Lise, als ich ihr später, am Ende des Weihnachtsabends, von meinem Körbchen aus zusah, wie sie bei uns in der Küche zwei Tassen auf den Tisch stellte und den Wasserkessel auf den Herd, um Tee zu kochen. Es war ein langer und aufregender Tag gewesen. Langsam fielen mir die Augen zu, doch bevor ich einschlief, spürte ich noch, wie der große Weihnachtskater mir ein paar Leckerli auf mein Kissen streute. Und, glaubt es oder nicht, er roch ein bisschen wie Arif.

BETTINA BALÀKA

Das Festmahl

Der entsetzliche Schrei, der aus dem Badezimmer im oberen Stockwerk drang, ließ Dido mit den Ohren zucken. Sie lag zusammengerollt in der Küchenabwasch, das stete Tropfen des Hahnes hatte ein kleines Rinnsal über ihren dichten, blaugrauen Pelz laufen lassen. Erst beim zweiten unartikulierten Schrei öffnete sie die goldenen Augen. Wie sie und Aeneas wussten, führte das ungeheuer schlechte Gehör der Menschen immer wieder dazu, dass sie ganz fürchterlich schrien. Gemächlich schleckte sie sich über das Rinnsal, dann hob sie den Kopf, um ein paar Tropfen direkt aus dem Wasserhahn aufzuschlecken. Das Flop-Flop von Aeneas' Schwanz, der gegen den Unterschrank schlug, sagte ihr, dass er schon auf sie wartete. Man musste nachsehen, was da passiert war. Dido stand auf, streckte sich und schaute über den Rand der Abwasch hinunter auf den buttermilchfarbenen Labradormischling mit den braunen Schlappohren. Die Blicke von Hund und Katze trafen sich. In diesem Moment schrie Maria Anna vom Wohnzimmer aus: »Was ist denn?«

Nun gelang es dem Mann im Badezimmer, sich in ganze Sätze zu fassen: »Komm rauf, Herrgott noch mal! Du musst dir das anschauen!«

»Kannst du nicht einfach sagen, was los ist? Ich bin gerade erst angekommen. Kann ich nicht fünf Minuten in Ruhe auf dem Sofa sitzen, bevor ich mit einer Stresssituation konfrontiert werde?«

Wolfgang war inzwischen an den Treppenabsatz getreten

und schrie nach unten: »Ich halte es nicht aus! Ich fahr sofort wieder weg! Sie macht mich einfach fertig!«

Mit einem Seufzer schlenderte seine Schwester in den Flur: »Ich komme, du Hysteriker! Wehe, wenn es nichts Dramatisches ist!« Dann stieg sie so langsam wie möglich die Treppen hinauf, während Dido und Aeneas ihr schattenhaft folgten. Die beiden wussten, dass sich nun die einmalige Chance ergeben hatte, ins Badezimmer zu gelangen, das seit dem Vortag verschlossen geblieben war. Verschlossene Räume bedeuteten einen unzulässigen Affront, einen Eingriff in ihre Freiheits- und Hausherrenrechte, darin waren sie sich einig, und um dem Ausdruck zu verleihen, hatten sie so manche Stunde vor der Badezimmertür mit Scharren und Wimmern verbracht.

Hemma, die sich für so etwas wie eine Autoritätsperson hielt, weil sie Zugriff auf die Futterdosen hatte, hatte gestern Wasser in die Wanne gelassen und dann ihren beiden Mitbewohnern den Zutritt ins Badezimmer verwehrt. Normalerweise tat sie das nicht, im Gegenteil, sie fand es lustig, in der Wanne zu liegen und dabei von Hund und Katze besucht zu werden. Aeneas trank das warme, nach Latschenkiefern duftende Badewasser, Dido tauchte eine Pfote hinein und schüttelte die Nässe spritzend wieder ab, alle hatten Spaß. Doch gestern war Hemma nicht baden gegangen. Einen interessanten Geruch hatte sie mitgebracht, der unter der Badezimmertür herausströmte, einen Geruch, den man näher untersuchen wollte, ja musste.

»Deine Mutter ist einfach nicht mehr ganz dicht«, empfing Wolfgang seine Schwester am Treppenabsatz.

»Es ist Weihnachten«, stöhnte Maria Anna, »kannst du

nicht einfach das Fest des Friedens friedlich sein lassen? Mama hat sich so auf uns gefreut. Hat sie dir das falsche Duschgel besorgt, du armer Bub?«

»Wenigstens weiß ich, was ein Duschgel ist!«

»Ja klar, du Meister der Hygiene!«

»Hier wird sowieso keiner von uns duschen können. Sieh selbst«, sagte Wolfgang und wies Maria Anna den Weg ins Bad.

Da standen sie nun alle vor der Wanne und schauten hinein. Die beiden Menschen, der Hund und die Katze. Dido musste sich aufrichten und mit den Vorderpfoten am Wannenrand abstützen, Aeneas legte seine Schnauze auf demselben ab. Die Wanne war bis zum Rand mit Wasser gefüllt. Im Wasser schwamm ein riesiger Karpfen. Er war schlammbraun und sah ein bisschen bemoost aus, wie etwas, das sehr lange am Grund eines Sumpfes dahingemodert war. Er fächelte mit seinen Flossen, die Kiemen flatterten leise, und das dicklippige Maul, an dessen Unterseite zwei Barteln hingen, öffnete und schloss sich, als würde er trinken. Davon abgesehen hatte er nicht allzu viel Platz für Bewegung. Er schien auf den Überlauf zu starren, als ob dieser ein Ausgang wäre.

»Jessas«, sagte Maria Anna. »Das schaut nach einem Esskarpfen aus, nicht nach einem Zierkarpfen.«

»Danke«, sagte Wolfgang. »Mutter weiß, dass ich vegan bin. Und sie kauft einen Weihnachtskarpfen?«

»Das ist in der Tat seltsam.«

»Wo ist sie überhaupt?«

»Sie ist noch einkaufen gefahren.«

»Wahrscheinlich besorgt sie gerade Semmelbrösel, um

das arme Vieh zu panieren. Geh weg, Dido. Der ist viel zu groß für dich.« Wolfgang schob die Katze fort, die protestierend maunzte.

»O mein Gott«, sagte Maria Anna und packte ihren Bruder an seinem ironischen Weihnachts-Statement-Pullover mit Rentieren und stilisierten Schneeflocken. »Vielleicht glaubt sie, dass Veganer Fisch essen? Es gibt doch solche Leute. Kann das sein?«

Wolfgang schüttelte den Kopf. »Auf gar keinen Fall. Als sie mich im Herbst in der WG besucht hat, haben wir ausführlich darüber gesprochen. Sie hat mich gefragt, wie ich das nötige Eiweiß für mein Training bekomme, und ich habe ihr alles hinsichtlich Tofu und Seitan erklärt. Ich hab ihr sogar ein Packerl Sojagranulat mitgegeben zum Ausprobieren.«

Maria Anna nickte nachdenklich. »Aber was machen wir jetzt? Ich will das auch nicht essen. Etwas gedämpften Kabeljau meinetwegen. Aber Karpfen ist viel zu fett.«

»Du bist ekelhaft, Nannerl«, sagte Wolfgang.

»Dein Pullover ist ekelhaft, Wolferl«, erwiderte Maria Anna und verließ das Bad.

Ihre Eltern Hemma und Paul hatten einander seinerzeit in einer Aufführung von *Così fan tutte* kennengelernt und ihre Kinder im Gedenken an dieses bedeutsame Ereignis nach den Geschwistern Mozart benannt. Die Koseabkürzungen Wolferl und Nannerl wurden von diesen seit der Pubertät entschieden abgelehnt und nur mehr zu Zwecken des wechselseitigen Stichelns verwendet. Auch Dido und Aeneas hatten ihre Namen der Musik zu verdanken, handelte es sich dabei doch um Hemmas Lieblingsoper.

Hemma und Paul waren schon lange geschieden, Hemma seit ein paar Monaten auch von ihrem zweiten Mann Ernst, der, um ihr nicht ständig schmerzvoll begegnen zu müssen, von Salzburg nach Innsbruck gezogen war. Paul wiederum hatte gerade seinen langjährigen Lebensgefährten Wenzel geheiratet. Das Paar lebte in einem Haus in der Südsteiermark, gemeinsam mit den beiden Zwergkaninchen Sonny und Cher. Für die in Wien studierenden Geschwister bedeutete das eine Feiertagsrundfahrt durch Österreich mit Besuchen bei Mutter, Stiefvater 1 sowie Vater und Stiefvater 2, in dieser Reihenfolge. Eigentlich hatten Maria Anna und Wolfgang an allen drei Stationen auf exquisite Verwöhnung gehofft, vor allem in kulinarischer Hinsicht.

Während die beiden Menschen sich in der Küche einen Beruhigungstee zubereiteten, blieben Dido und Aeneas bei dem Karpfen zurück. Da sie noch nicht sicher waren, ob die vom Fischduft geschwängerte Luft wirklich rein war, verhielten sie sich unauffällig. Dido lag auf der Badematte und leckte sich sorgfältig die Ballen einer Vorderpfote. Aeneas schlenderte durch das geräumige Badezimmer und tat so, als würde er Wassertröpfchen vom Boden aufschlecken, weil er seit Tagen nichts zu trinken bekommen hatte und auch keine volle Wasserschüssel in der Küche für ihn stand. Er fuhr sehr gut damit, sich täppisch und ein bisschen verrückt zu geben, obwohl er in seinem ersten Lebensjahr in einem rumänischen Badeort mit allen Wassern der Straßenhundschlauheit gewaschen worden war.

»Er ist nicht der Hellste«, pflegte Hemma zu sagen, »ein Labi-Mix halt.« Aeneas tat sein Bestes, diesen Eindruck durch lustig-unbeholfenes Gebaren zu unterstützen, vor allem, wenn er etwas »angestellt« hatte oder etwas erreichen wollte – Spiel, Spaziergang, Spezialitäten. Sogar Dido hatte er dazu gebracht, ihm zu Diensten zu sein, zum Beispiel, wenn Hemma Wurststückchen für einen Schweizer Salat aufgeschnitten hatte. Kaum hatte die Frau die Küche verlassen, um das Bett zu machen, sich umzuziehen oder mit dem Briefträger zu plaudern, begaben sich die beiden zur Anrichte. Dido sprang hinauf, Aeneas wartete unten. Mit eleganter Pfotengeste warf die Katze Wurststückchen für Wurststückchen hinunter, dabei genau beobachtend, wie ihr Freund fraß. Es amüsierte sie, ihn so zu füttern. Und sie wusste genau, dass der Tag kommen würde, an dem sie eine Gegenleistung einfordern und er sich erkenntlich zeigen würde.

Vielleicht stand diese Gelegenheit nun unmittelbar bevor. Als reinrassige Britisch Kurzhaar war Dido bei einer Züchterin ausschließlich in Innenräumen und mit Pastete aus Schälchen aufgewachsen. Weder sollte noch konnte sie dort die Jagd ausüben. Zum Glück besaß sie genügend angeborene Instinkte, um nach der Übersiedlung zu Hemma in deren Garten Mäuse und Vögel zu erlegen. Doch bei ihrem größten Begehr scheiterte sie: den Fischen. Im Nachbarsgarten befand sich ein großes Biotop, in dem bunte Fische glitzerten und glänzten. Nie hatte Dido einen erwischt, so lange sie auch lauerte und so gezielt sie auch mit der Pfote ins Wasser hineinfuhr. Die Fische schienen sich über sie lustig zu machen, kamen nahe an die Oberfläche heran, bogen und wanden sich reizvoll, nur um dann blitzschnell wieder in der Tiefe zu verschwinden. Das Biotop gehörte einem Mann, der Lottersberger hieß, den Hemma aber nur »den Reichen« nannte. Sein Garten war fünf Mal so groß wie der Hemmas, sein Haus neu, edel und geräumig, neben dem Biotop gab es natürlich auch einen Pool. Mit Frau Lottersberger und den beiden Kindern kam Hemma gut zurecht, nur der Reiche selbst machte Ärger. Er hasste Katzen und bildete sich ein, Dido würde auf seinen Rasen kacken. Dabei war Dido infolge ihrer Erziehung daran gewöhnt, sich ausschließlich auf dem Katzenklo zu erleichtern. Hemma konnte nicht verhindern, dass ihre Katze den Gartenzaun überquerte und beim Nachbarn ins Biotop starrte. Sie würde das arme Tier sicher nicht im Haus einsperren! Also griff der Reiche zur Selbstjustiz und stellte eine Marderfalle auf, um Dido eine Lektion zu erteilen und in Zukunft vom Landfriedensbruch abzuhalten. Da er Sportangler war, legte er einen frisch gefangenen Fisch als Köder in die Falle. Dido betrat dieselbe am Abend und verbrachte eine wundervolle Nacht mit der köstlichen Mahlzeit.

»Na, das wird dir wohl eine Lehre sein!«, sagte der Reiche am nächsten Morgen und ließ sie wieder laufen. Abends legte er einen neuen Fisch in die Falle und stellte sie wieder auf, am Morgen darauf saß Dido wieder wohlgesättigt darinnen. Die Maßnahme wurde unzählige Male mit demselben Ausgang wiederholt, bis der Reiche zu dem Schluss gekommen war, dass die Katze zu dumm sei, um aus Erfahrung zu lernen. Zu Didos großem Bedauern gab er es auf, ihr regelmäßig frischen Fisch zu servieren.

»So, jetzt haben wir alles, was wir für die Festivitäten brauchen«, sagte Hemma und stellte die prall gefüllten Einkaufstaschen auf der Anrichte ab. Dann drehte sie sich um und musterte ihre beiden erwachsenen Kinder, die ernsten Blickes am Küchentisch vor ihren Teehäferln saßen. »Was ist denn hier los? Ihr seht ja aus wie das Jüngste Gericht.«

»Wir *sind* das Jüngste Gericht, Mutter«, gab Wolfgang zurück. »Wir haben den Karpfen in der Badewanne entdeckt.«

»Oh«, sagte Hemma, »ein bisschen zu früh, aber was soll's. So ein Karpfen lässt sich nicht gut verstecken.«

»Wie bitte?«, ereiferte sich Wolfgang. »Du wolltest ihn verstecken und uns dann als grauslige Überraschung auf einem Teller servieren? Mit Zitronenspalten und Remoulade? Und ihn vorher heimlich abschlachten wie ein Psychokiller, in der Garage oder im Keller vielleicht? Wo dann alles voller Blut und Eingeweide und Fischschuppen ist?«

»Ich esse sicher keinen Karpfen«, fiel Maria Anna ein, »so was Fettes! Und komm mir bloß nicht mit Omega-3 oder so was.«

»Immer mit der Ruhe, die Herrschaften«, gebot ihnen Hemma Einhalt. »Der Karpfen wird natürlich nicht geschlachtet! Er ist ein Geschenk für dich, Wolfgang!«

»Herzlichen Dank auch«, sagte dieser, »warum schenkst du mir nicht gleich ein ganzes todgeweihtes Rind?«

Jetzt brauchte Hemma einen Beruhigungstee. Sie füllte den Wasserkocher, entnahm der Schachtel einen Teebeutel und hängte ihn in ein Häferl. Im Schweigen schluckte sie ein paar Tränen hinunter. Leise Schuldgefühle regten sich bei ihrem Sohn.

»Okay, Mama, er wird nicht geschlachtet – habe ich das richtig verstanden? Dann bin ich ja beruhigt. Aber warum ist er in der Badewanne? Das ist doch kein geeignetes Habitat für ihn.«

Hemma ging zum Küchentisch, stemmte beide Hände darauf und sah ihrem Sohn in die Augen. »Ich bin gestern am Markt beim Fisch-Edi vorbeigegangen und habe die riesigen Becken mit Karpfen gesehen. Dabei habe ich an dich denken müssen und alles, was du mir erzählt hast, warum du keine Tiere mehr essen magst und so weiter. Und ich muss zugeben, die Fische haben mir leidgetan. Eigentlich haben sie mir immer schon leidgetan. Also dachte ich: Wie wäre es, wenn wir wenigstens einen von ihnen retten? Ich schenke meinem tierliebenden Sohn eine Karpfenrettung zu Weihnachten. Und dann habe ich ihn gekauft.«

Wolfgang musste schlucken. »Das ist … sehr lieb von dir. Danke. Eine super Idee. Aber was machen wir jetzt mit ihm? Er kann doch nicht in deiner Badewanne dahinvegetieren. Außerdem wollen wir ja auch wieder baden.«

»Es ist schon alles geklärt«, sagte Hemma und ging zum pfeifenden Wasserkocher, um ihren Tee aufzugießen. »Wir dürfen ihn drüben ins Biotop einsetzen.«

»Was?«, rief Maria Anna. »Drüben bei dem Reichen? Ich dachte, ihr könnt einander nicht ausstehen?«

»Unser Verhältnis hat sich deutlich verbessert in letzter Zeit. Er hat andere Katzen dabei beobachtet, wie sie in seinen Garten kacken, aber nie Dido. Nach sorgfältigen Studien war er bereit, Dido von jedem Verdacht freizusprechen. Er hält sie jetzt für die besterzogene Katze des Viertels.«

»Und du vertraust ihm? Glaubst du nicht, dass er den Karpfen einfach mit einer seiner zehntausend Angeln herausholen und selber verspeisen wird?«, fragte Wolfgang.

»Nein, nein«, sagte Hemma, »er hat es mir hoch und heilig versprochen, dass der Karpfen – dem du übrigens einen Namen geben darfst – gemeinsam mit seinen Kois bestens gehalten werden wird und bis ans Ende seiner Tage das Gnadenbrot bekommt. Außerdem haben wir umfassende Besuchsrechte. Und er kann Karpfen nicht ausstehen, nur Raubfische schmecken gut, sagt er.«

»Da kann ich ihm nur zustimmen«, sagte Marie Anna. »Was gibt es denn jetzt eigentlich zu essen?« Sie begann, in den Einkaufstaschen zu wühlen.

Hemma nippte an ihrem Tee und verkündete lächelnd: »Heute Abend Krautfleckerl mit grünem Salat, morgen einen festlichen Linsenbraten mit Sauce Cumberland und Colcannon. Nein, die Fleckerl enthalten keine Eier, ja, das Colcannon wird mit Hafersahne gemacht. Als Dessert gibt es veganen Apfelkuchen mit Amaretto und Marzipan.«

Wolfgang sprang auf und drückte seine zwei Köpfe kleinere Mutter an die Brust. »Es tut mir leid, Mama, dass ich dir so eine Gräueltat zugetraut habe«, nuschelte er in ihre Haare. »Du bist die Beste. Er heißt Teddy Swims.«

»Was? Wer?«, fragte Hemma erleichtert und verwirrt.

»Der Karpfen! Du hast doch gesagt, ich darf ihm einen Namen geben. Teddy Swims, wie der Sänger!«

»Genial«, sagte Maria Anna, »ich liebe T–«

In diesem Moment brach im oberen Stockwerk ein Tumult aus. Ein gewaltiges Platschen war zu hören, das klang, als ob ein Walross in die Wanne gesprungen wäre. Der Hund bellte aufgeregt. Die Katze knurrte tief. Es platschte, spritzte, rumpelte, klatschte. Die Menschen ließen alles stehen und rannten nach oben.

Im Badezimmer bot sich ihnen das Bild eines archaischen Dschungelkampfes. Auf dem überschwemmten Fußboden flappte der Karpfen hin und her und sprang um sein Leben. Begeistert tänzelte Aenas um ihn herum, ihn durch Bellen gewissermaßen anfeuernd. Dido fixierte den Fisch mit bedrohlichem Grollen, als könnte sie ihn dadurch zum Stillhalten bewegen, und setzte gerade zum Sprung an. Hund und Katze waren triefend nass. In ihrem Fell glänzten Karpfenschuppen.

Die Menschen schrien im Chor und handelten konzertiert. Hemma packte den Hund, Maria Anna die Katze und Wolfgang den Fisch. Die beiden Räuber wurden in Hemmas Schlafzimmer eingesperrt und der Karpfen in die nunmehr viel zu seichte Wanne gehoben, wo er auf der Seite lag, das runde Maul zum Rüssel ausgestülpt, offenbar nach Luft ringend – oder nach Wasser. Schnell drehte Wolfgang den Hahn auf und füllte nach, bis der Fisch wieder aufrecht schwimmen konnte. Er schien keine gröberen Verletzungen davongetragen zu haben.

»Teddy Swims muss ASAP ins Biotop übersiedelt werden«, sagte Wolfgang, und Hemma nickte.

Wenig später wurde Teddy Swims feierlich in einem Plastikschaff zu den Nachbarn gebracht. Die ganze Familie Lottersberger wohnte der »Auswilderung« bei. Mit Holzscheitern halfen die Kinder, das dünne Eis auf dem Biotop aufzuschlagen.

»Ihr wisst ja, es muss ohnehin immer eine Stelle eisfrei bleiben«, sagte Frau Lottersberger, »sonst kommt nicht genug Sauerstoff ans Wasser, und die Kois ersticken.«

»Ich sehe gar keine«, sagte Maria Anna, und tatsächlich, zwischen dem vertrockneten Schilf, den reifumrahmten Blättchen und dem schwebenden Unterwassergrün war kein Fisch zu sehen.

»Wenn es so kalt ist, gehen sie in Winterruhe«, erklärte Herr Lottersberger. »Sie vergraben sich im Schlamm am Grund.«

Schließlich hockte sich Wolfgang am Teichrand nieder, kippte das Schaff und entließ Teddy Swims vorsichtig in sein neues Zuhause. Kurz stand dieser still, als wäre er gelähmt von dem neuen Schock an diesem schreckensreichen Tag, dann war er mit einem kräftigen Flossenschlag verschwunden. Die Kinder jubelten und applaudierten, die Erwachsenen schüttelten einander die Hände und riefen: »Fröhliche Weihnachten!«

»Ein edles Werk«, sagte Herr Lottersberger und brachte ein Tablett mit Schnapsgläsern zum Anstoßen.

»Danke, Mama«, sagte Wolfgang, »das ist wirklich ein schönes Geschenk.« Eine Weile noch suchten sie den Teich nach einem Schimmer von Teddy Swims ab, doch es war nichts mehr von ihm zu sehen.

Er zeigte sich erst wieder, als die Menschen in ihre warmen Häuser zurückgegangen waren, dafür aber Dido am Teichrand saß. Im Vergleich zu Aeneas hatte sie sehr wenig Geschimpfe abbekommen. Das war immer so, da man ihn für der Einsicht fähig, sie aber für unerziehbar hielt. Didos Respekt für den Freund war noch größer geworden. Wie er auf ihre Anstiftung hin in die Wanne gesprungen war und den Fisch entschlossen mit dem Maul gefasst hatte!

Und wie er ihn ihr dann zum Spielen und finalen Erlegen überlassen hatte! Oder vielmehr: überlassen hätte, wären da nicht die Menschen gekommen, die komischerweise immer Fleisch zur Verfügung hatten, aber nie etwas zu töten schienen. Jedenfalls hatte sich Aenas als ausgezeichneter Mitarbeiter erwiesen – während ihrer kurzen Gefangenschaft in Hemmas Schlafzimmer hatte Dido sich auf dem Bett sogar an ihn gekuschelt. Schließlich war man ja nass und musste einander wärmen.

Nun saß sie am Teich und starrte auf den Karpfen, der sich in sicherer Entfernung von ihr provozierend wand und schlängelte, als wäre er der glücklichste Fisch auf der Welt. Eine Niederlage war das, gewiss, doch noch war nicht aller Tage Abend. Ein paar Schneeflocken fielen auf Dido, eisiger Wind blies ihr ins Fell und ließ den duftenden Wasserbewohner unbehelligt. Wenigstens hatte sie als Entschädigung für das entgangene Festmahl ein Schälchen mit Lachspastete bekommen.

IRENE DIWIAK
Die Anti-Weihnachtskatze

Eines Tages verkündete unsere Tochter Matilda, als sie aus dem Kindergarten kam, dass sie sich ein Geschwisterchen wünschte. Noch am selben Nachmittag fuhr Ben mit ihr zu einem Tierheim. Die beiden kehrten etwas später mit einem ziemlich mageren und zerzausten Kätzchen zurück, welches Matilda aufgrund der geringen Körpermaße und der aschgrauen Fellfarbe »Minnie« taufte. Die Ironie, eine Katze nach einer Maus zu benennen, verstand Matilda noch nicht. Mir persönlich war der Name egal, ich wunderte mich nur darüber, dass Matilda sich ausgerechnet für dieses unscheinbare Tier entschieden hatte. Aber Ben versicherte mir, es sei Liebe auf den ersten Blick gewesen. Matilda hatte Minnie ängstlich zusammengerollt im hintersten Winkel des Geheges entdeckt, und da war es um sie geschehen: diese Katze oder keine! Die ganze Rückfahrt über hatte Matilda nur selig die Transportbox angelächelt, in der sich ihre Minnie verbarg, und kein Wort mehr über ein Geschwisterchen verloren.

Tatsächlich stellte sich Minnie als Glücksgriff heraus. All die warnenden Stimmen in diversen Haustierforen, die auf die Sturheit und Unberechenbarkeit von Katzen hinwiesen, wurden Lügen gestraft: Minnie war das gutmütigste Wesen, das man sich vorstellen konnte. Sie ließ sich von Matilda willfährig durchs Haus schleppen und im Puppenwagen spazieren fahren, war verspielt, wenn Matilda sie mit der Spielzeugangel triezte, und verschmust, wenn Matilda sie streicheln wollte. Hatte Matilda einen ihrer Wutanfälle, dann strich Minnie beruhigend um sie herum und wich dabei behände den Lufttritten aus. Wenn Matilda im Kindergarten war, streifte Minnie meistens draußen umher, aber glücklicherweise brachte sie uns nie »Geschenke« in Form von halbtoten Vögeln oder Nagetieren mit. Ihre Dankbarkeit zeigte sie allein dadurch, dass sie uns schnurrend an der Tür begrüßte, sobald wir vom Kindergarten oder der Arbeit nach Hause kamen. Ben und ich vermuteten allerdings, dass sie uns Erwachsene für wandelnde Dosenöffner hielt, während Matilda ihre wirkliche Freundin war, und diese wiederum verhätschelte Minnie fast wie eine kleine Schwester.

Mitte November jedoch fing es an mit den Problemen. Wir hatten gerade zu Abend gegessen. Ben spülte in der Küche das Geschirr ab, Matilda und ich saßen am Esstisch und spielten eine letzte Runde Memory vor dem Schlafengehen, Minnie döste auf Matildas Schoß vor sich hin. Im Hintergrund lief leise das Radio, die ersten charakteristischen Takte von »*All I want for Christmas is you*« ertönten, aber weder Matilda noch ich schenkten ihnen viel Beachtung.

Da sprang Minnie plötzlich von Matildas Knien und fauchte, wie wir sie noch nie hatten fauchen gehört. Matilda begann vor Schreck zu weinen, und Ben kam mit einem tropfenden Topf in der Hand aus der Küche gerannt: »Was ist denn passiert?«

Minnie fauchte erneut und stellte einen eindrucksvollen Katzenbuckel zur Schau. Wen oder was auch immer sie mit diesen Gebärden einschüchtern wollte, ließ sich offensichtlich nicht so leicht vertreiben. Dann wurde sie ganz ruhig. Ihr Blick verengte sich, sie drückte ihren Körper flach auf den Boden, verharrte einige Sekunden reglos – und stürzte sich schließlich mit einem großen Satz auf das Radio. Das Gerät schlitterte samt dem Tier von der Kredenz, Ben ließ den Topf fallen, Matilda kreischte. Die Musik hingegen verstummte, Minnies Attacke hatte das Kabel aus der Steckdose gerissen. Neben dem verbeulten Radioapparat saß die verunglückte Angreiferin und blickte sich verwirrt um, als könnte sie sich selbst nicht erklären, was gerade geschehen war.

Ben fand als Erster seine Worte wieder: »Minnie hasst wohl Musik!«

Aber das konnte so nicht stimmen. Minnie hatte sich bisher noch nie gegen Musik gewehrt, weder gegen die Kinderlieder aus Matildas Hörbox noch gegen Bens gelegentliche Versuche auf der E-Gitarre, und schon gar nicht gegen das verhältnismäßig weit weniger nervenaufreibende Radiogedudel. Noch vor einigen Minuten hatte sie die Hintergrundmusik schläfrig hingenommen. Nachdem ich all das vorgebracht hatte, antwortete Ben trocken: »Dann hasst sie eben Mariah Carey.«

Er steckte das Radio wieder ein, welches zu meiner Überraschung noch tadellos funktionierte. »*All I want for Christmas is you*« war vorüber, nun ertönte ein sanfter Boybandsong aus den 90ern, gegen den Minnie tatsächlich nichts zu haben schien. Ganz im Gegenteil, sie schmiegte den Kopf so lange gegen Matildas Beine, bis diese vollends aufgehört hatte zu weinen und ihr das struppige Fell streichelte.

Während Ben Matilda eine Gute-Nacht-Geschichte vorlas, gab ich die Begriffe »Katze« und »Musikgeschmack« in eine Suchmaschine ein, danach »Katze« und »Mariah Carey«, aber ich stieß auf keine befriedigende Erklärung für den Vorfall.

Wir hätten ihn sicherlich auch bald als Kuriosität abgestempelt und vergessen, wäre es nicht schon am nächsten Abend zu einer ähnlichen Situation gekommen. Diesmal waren es Bing Crosby und sein »*Winter Wonderland*«, die Minnie aufscheuchten, und einen Tag darauf entfachte ausgerechnet John Lennons »*Happy X-mas (war is over)*« einen erneuten Krieg gegen das Radio. Bei Wham!s »*Last Christmas*« attackierte Minnie das Gerät schließlich mit solcher Wucht, dass es endgültig in seine Einzelteile zerschmettert wurde und nicht mehr zu gebrauchen war. Minnie blieb unverletzt und blickte uns wie immer mit Unschuldsmiene an. Nun war es nicht mehr zu leugnen: Es war nicht die Musik, die Minnie so aufregte. Es war die Weihnachtsmusik.

Wir beschlossen also, das Radio erst im neuen Jahr zu ersetzen, da der Weihnachtsmusik bis dahin wohl kaum zu entgehen wäre. Matilda erklärten wir eindringlich, dass sie ihre Kinderweihnachtslieder nur noch mit Kopfhörern hören durfte.

»Warum?«, fragte Matilda wie so oft.

»Weil Weihnachtsmusik Minnie wütend macht!«, erklärte ich.

»Aber warum?«, fragte Matilda.

Darauf wusste ich keine Antwort.

Matilda ließ sich dennoch auf die neuen Hausregeln ein, mit denen erst einmal alles beim Alten zu sein schien. Minnie war wieder die sanftmütigste und liebenswerteste Katze, die man sich vorstellen konnte.

Bis zum ersten Dezember. Frühmorgens wurden Ben

und ich von Matildas verzweifeltem Geschrei aus dem Schlaf gerissen, es kam aus dem Wohnzimmer. Wir sprangen aus dem Bett und bewaffneten uns mit den beiden Nachttischlampen, bereit, es mit jedem noch so gefährlichen Eindringling aufzunehmen. Aber es war niemand eingebrochen, auch wenn es auf den ersten Blick so aussah: Auf einem chaotischen Haufen aus roten Stofffetzen, zerrissenem Geschenkpapier, zerkratztem Plastikspielzeug und angebissener Schokolade saß seelenruhig unsere Minnie. Sie hatte Matildas Adventskalender zerstört. Alle vierundzwanzig Söckchen, die Ben und ich in der Nacht zuvor in nervenraubender Handarbeit befüllt hatten, waren von der Wand gerissen und in kleinste Stückchen zerlegt worden. Ich nahm die heulende Matilda in den Arm, obwohl ich mich am liebsten zu ihr gesetzt und mitgeheult hätte. Ben begann, lauthals mit Minnie zu schimpfen, aber Matilda protestierte: »Sie hat das bestimmt nicht absichtlich gemacht!«

Normalerweise hätte ich Matilda recht gegeben, nur blieb auch diese Attacke leider kein Einzelfall: In den bereits fertig befüllten Schokoladen-Adventskalender, den ich als Ersatz im Supermarkt besorgte, bohrte Minnie ihre Krallen, bevor ich ihn vollständig aus der Einkaufstüte gezogen hatte. Die Gesichter der auf dem Karton abgebildeten Engel waren nach dieser Misshandlung so zerfetzt, dass sie besser zu Halloween gepasst hätten. Letztlich kaufte ich Matilda einen dritten Adventskalender, welchen sie allerdings in ihrem Kleiderschrank aufbewahren und gut vor Minnie verstecken musste. Diesmal fragte Matilda nicht mehr, warum.

Wir hatten schon größte Befürchtungen, wie Minnie auf

den Adventskranz reagieren würde. Während Matilda und ich ihn mit Kerzen und Schleifen verzierten, behielt Ben die Katze im Blick, um im Notfall schnell genug eingreifen zu können. Doch Minnie lag die ganze Zeit über entspannt auf dem Kachelofen, wie um zu beweisen, dass ihr so ein Ding aus Tannenreisig völlig egal war.

Als ich am nächsten Morgen ins Wohnzimmer kam, stand der Adventskranz immer noch in voller Pracht auf dem Couchtisch. Zufrieden beugte ich mich über ihn, um die erste Kerze anzuzünden. Da stieg mir der unangenehm scharfe Geruch in die Nase. Minnie hatte diesmal nicht nur ihrer Wut, sondern auch ihrer Blase freien Lauf gelassen.

Der Kranz landete im Müll, und Matilda weinte wieder ein bisschen, beharrte aber auf ihrem Standpunkt: »Minnie macht das nicht mit Absicht!«

Von da an erlitt jede noch so winzige Weihnachtsdeko, die ich anzubringen versuchte, ein ähnliches Schicksal: Sämtliche Kerzen wurden angeknabbert, die Lichterketten zerrissen, und die sprechende Weihnachtsmannfigur war enthauptet, noch bevor ihr erstes »Hohoho« erschallte. Selbst den Backofen fauchte Minnie an, wenn darin gerade Vanillekipferl backten.

»Vielleicht hat sie ein Weihnachtstrauma«, mutmaßte ich, »vielleicht ist ihr ausgerechnet zu Weihnachten einmal etwas Schlimmes passiert. Wir wissen ja nichts über ihr Leben, bevor sie zu uns kam.«

»Und was willst du jetzt tun? Sie zu einem Psychologen schicken?«, fragte Ben schnippisch.

An so etwas Ähnliches hatte ich tatsächlich gedacht, bei meiner Internetrecherche jedoch nur Angebote gefunden, die entweder unbezahlbar waren oder sich extrem esoterisch anhörten, oder beides.

So konnte aber jedenfalls keine Weihnachtsstimmung aufkommen. Das tat mir vor allem für Matilda leid, deren Freundinnen mit Weihnachtsmützen und Rentiergeweih-Haarreifen in den Kindergarten kamen, daran war bei uns zu Hause nicht zu denken.

»Es reicht«, sagte Ben eines Abends, als er die Porzellanscherben eines vormaligen Kerzenständers in Schneemannform zusammenfegte, »Matilda muss sich entscheiden. Entweder wir verzichten auf den Grinch oder auf Weihnachten.«

Er war dazu übergegangen, Minnie nur noch als »Grinch« zu bezeichnen.

»Um Gottes willen, Ben, du kannst von einem kleinen Mädchen doch nicht verlangen, sich zwischen seiner geliebten Katze und Weihnachten zu entscheiden!«, antwortete ich schockiert.

»Bitte, wie du willst«, murrte er und ließ die Scherben in den Mülleimer rieseln, »und was ist mit dem Weihnachtsbaum? Hast du daran schon einmal gedacht?«

Er hatte recht. Weihnachtsbäume konnten sogar zu einem Problem werden, wenn die Hauskatze keine absurde Aversion gegen Weihnachten hegte. Sie stellten nämlich einladende Klettergerüste dar, gespickt mit glitzerndem Spielzeug. Wieder einmal durchforstete ich sämtliche Haustierforen im Internet und schaute mir Fotos von Stahlseilkonstruktionen an, mit denen Tannen an Zimmerdecken befestigt werden konnten, und Gitternetze, die zum Schutz des Christbaumschmucks über die Äste gestülpt wurden.

Nichts davon schien mir stabil genug, um Minnies Aggressionen standzuhalten. Letztendlich bestellte ich einfach einen billigen Weihnachtsbaum aus Plastik. Er war giftgrün, und seine Kunststoffkugeln hafteten an großen, verhärteten Heißkleberpistolenklecksen.

Wir versuchten, Minnie so gut es ging davon fernzuhalten, aber kaum stand die Wohnzimmertür auch nur eine Sekunde offen, schlüpfte sie hinein und stürzte sich mit aller Kraft auf den Plastikbaum.

»Und am Heiligen Abend«, fragte mich Ben, »was willst du da machen? Keine Geschenke, keine Musik, keine Kekse? Nur der Grinch und die traurigen Reste eines Weihnachtsbaums?«

Tatsächlich hatte der Baum schon so viele Nadeln und Kugeln lassen müssen, dass er fast genauso zerrupft aussah wie Minnie selbst.

»Nein«, seufzte ich, »das geht natürlich nicht.«

Ben blickte nachdenklich aus dem Fenster. »Wir haben dieses Jahr einen sehr milden Winter«, murmelte er dann.

Das machte uns die Entscheidung etwas leichter. Matilda weinte, als ich ihr erklärte, dass sie Minnie am 24. Dezember keinesfalls ins Haus lassen dürfte, denn sie hatte sich so auf das erste Weihnachtsfest mit ihrer Katze gefreut. Ich erinnerte sie an die kaputten Adventskalender und den besudelten Adventskranz. Aber Matilda schüttelte stur den Kopf und beharrte darauf, dass Minnie bloß versehentlich alles zerstörte, was mit Weihnachten zu tun hatte.

»Und was, wenn sie den Weihnachtsmann verscheucht?«, fragte ich. Da hielt Matilda mitten im Schluchzen inne, überlegte, schließlich begann sie langsam zu nicken. Ich fühlte mich ziemlich schäbig, als ich ihr Zimmer verließ.

Am Morgen des 24. Dezember ließ sich Minnie nur mit größter Mühe in den Garten bugsieren. An jedem anderen Tag spielte sie gern im Freien, diesmal jedoch spürte sie wohl, dass wir sie nur loswerden wollten. Noch lange, nachdem ich von innen zugesperrt hatte, miaute sie herzzerreißend und tatschte mit der Tatze gegen die Tür.

Um diese traurige Geräuschkulisse zu übertönen und um Matilda aufzumuntern, spielte ich auf meinem Handy eine Weihnachtsplaylist ab – das erste Mal in diesem Jahr, ohne eine Katastrophe heraufzubeschwören. Ben stellte den lädierten Plastikbaum wieder auf und überdeckte die kahlen Stellen mit etwas Lametta, das er bis jetzt irgendwie vor Minnie hatte verstecken können. Ich breitete eine weihnachtliche Zierdecke über den Couchtisch und stellte ein paar Teelichter auf, die letzten Kerzen, die wir noch zu Hause hatten. Danach holte ich die geschnitzten Krippenfiguren aus dem Keller, und Matilda stellte sie wie jedes Jahr unter dem Weihnachtsbaum auf. Sie positionierte Ochs, Esel, Maria und Josef im Halbkreis um die Futterkrippe, in welche sie das winzige Christuskind legte. Als sie damit fertig war, schien sie Minnies Elend schon wieder vergessen zu haben, auf jeden Fall summte sie ein Weihnachtslied vor sich hin und schob sich lächelnd ein Vanillekipferl in den Mund.

Um Matilda die Zeit bis zur Bescherung zu verkürzen, schlug Ben einen kleinen Spaziergang vor. Während er ihr beim Anziehen der Schuhe und der Jacke half, öffnete ich die Haustür einen Spaltbreit und spähte hinaus. Minnie schien sich endgültig mit ihrem Schicksal abgefunden zu haben, jedenfalls war sie nirgends zu sehen. Auf dem Weg durch den Garten ließ ich meinen Blick aufmerksam umherschweifen, Minnie blieb verschwunden. Ich hoffte, dass sie es sich irgendwo unter den Büschen gemütlich gemacht hatte. Wir gingen in den Park, wo die kahlen Laubbäume mit Lichterketten behängt waren und an einem Holzstand Glühwein verkauft wurde, es gab dort auch einen kleinen Spielplatz.

»Siehst du«, flüsterte Ben mir zu, während Matilda zufrieden auf einer Schaukel saß und an ihrem Kinderpunsch nippte, »es war die richtige Entscheidung.«

Als es dämmerte, machten wir uns wieder auf den Heimweg. Normalerweise war Matilda nur mit größter Mühe von einer Schaukel wegzubewegen, diesmal jedoch folgte sie uns ohne jedes Gemecker. Immerhin könnte jeden Moment der Weihnachtsmann kommen!

Doch es war eine Bescherung der ganz anderen Art, die uns zu Hause erwartete: Der Plastikbaum lag umgestoßen in der Ecke, die Zierdecke war vom Tisch gerissen worden und mit ihr die Teelichter, die über den Teppich kullerten. Es herrschte kein Zweifel, wer dafür verantwortlich war.

»Du hast die Tür nicht richtig zugemacht!«, fuhr Ben mich an. Ich verteidigte mich: Er hatte die Haustür doch gerade eben selbst aufgesperrt, und da müsste es ihm aufgefallen sein, wenn etwas nicht gestimmt hätte.

»Dann hast du sie beim Weggehen zu langsam zugemacht. Auf jeden Fall hast du den Grinch hereingelassen!«, schrie Ben.

»Wieso denn ich«, antwortete ich aufgebracht, »du bist doch als Letzter …«

»Nicht streiten!«, wimmerte Matilda, und wir verstummten sofort. Streit machte dieses ohnehin schon verpatzte Weihnachten auch nicht besser. Ich atmete tief durch und wollte mich zum wiederholten Mal in diesem Monat daranmachen, das Chaos zu beseitigen, das Minnie hinterlassen hatte. Da rief Matilda aufgeregt: »Wo ist denn das Christuskind?«

Selbstverständlich waren auch die Krippenfiguren nicht verschont worden. Ochs und Esel lagen auf den Rücken gedreht unter dem Couchtisch, Josef war mit gebrochenem Hirtenstab vor dem Kachelofen gelandet und Maria samt Krippe unter einem der Plastikäste begraben. Nur der kleine Jesus fehlte. Wir suchten das ganze Wohnzimmer ab, danach die Küche – vergeblich.

»Das ist die Höhe, jetzt hat der Grinch auch noch das Christuskind gefressen!«, stöhnte Ben, während ich mich fragte, ob es für Katzen wohl schädlich war, wenn sie Holzfiguren verschluckten, und sei es auch nur ein winzig kleines Holzbaby. »Wo ist das Vieh überhaupt?«

Zwar war es immer noch ein Rätsel, wie Minnie hereingekommen war, aber wir nahmen an, dass sie auf denselben geheimen Wegen wieder hinausgeschlichen sein musste. Also rannten wir in den Garten, wo ich die Beete und Büsche durchforstete, und Ben suchte im Werkzeugschuppen. Matilda lief aufgeregt zwischen uns beiden hin und her und schrie mit immer größerer Verzweiflung in der Stimme: »Minnie! Christuskind! Minnie! Christuskind!« Aber sie blieben verschwunden, alle beide.

Mittlerweile war die Sonne untergegangen, an eine feierliche Bescherung war freilich nicht zu denken.

Wenn sich Minnie doch noch im Haus befand, gab es nicht viele Möglichkeiten, wo sie sich verstecken konnte. Wir teilten uns wieder auf. Ben nahm sich unser Schlafzimmer vor, ich mir das Bad, und Matilda schickten wir in ihr Kinderzimmer. Plötzlich kam Matilda zu mir hereingerannt und zupfte mich am Ärmel: »Mama, Mama, komm schnell!«

Ich eilte hinter Matilda her. Innerlich stellte ich mich bereits auf die nächste Katastrophe ein, wie auch immer diese aussehen mochte. Vorsorglich rief ich nach Ben, der uns ins Kinderzimmer folgte.

Matilda zeigte wortlos auf ihr Puppenhaus. Es sah aus wie leer gefegt, alle Puppen und Puppenmöbel lagen ringsherum verstreut. Aber unter dem pink gestrichenen Spitzdach lag selig schlummernd eine kleine, graue Katze, die sich um eine winzige Holzfigur gerollt hatte.

»Sie hat das Christuskind nur aus der Krippe geholt, um es in ein richtiges Haus zu bringen!«, erklärte Matilda.

»Wer hätte das gedacht«, murmelte Ben ungläubig, »Minnie hat gar nichts gegen Weihnachten. Sie hat nur etwas gegen die Kommerzialisierung von Weihnachten.«

Ehrlich gesagt glaube ich nicht, dass eine Katze sich über solche Dinge Gedanken machen kann. Viel wahrscheinlicher scheint mir, dass Minnie, die erst einsam im Tierheim gelebt hatte und dann am Weihnachtstag auch noch aus ihrem neuen Zuhause verbannt worden war, einfach besser wusste als wir alle, was es bedeutete, keine anständige Herberge zu finden.

FRANZISKA WOLFFHEIM

Halleluja auf dem Canal Grande

Manche sagen, die *Libreria Acqua Alta* sei die schönste Buchhandlung der Welt. Wenn das Wasser in der Stadt wieder einmal sehr hochsteht, muss man über Holzbohlen zum Eingang balancieren. Im Laden stapeln sich neue und alte Bücher über- und durcheinander, auf Tischen, in Regalen und großen Badewannen. In der Mitte steht eine alte Gondel, auch sie ist mit Büchern vollgestopft – keine Chance, sich hineinzusetzen und in einem der Bände zu lesen. Von der Decke baumeln Masken herab und jetzt, kurz vor Weihnachten, ein großer Adventskranz mit roten Schleifen. In jeder Ecke stehen Menschen aus allen Ländern der Welt, stöbern in den Büchertürmen, den Postkarten und Kalendern. Wer hier im Schummerlicht ein paar Stunden verbringt, hat irgendwann das Gefühl, selbst ein Teil dieser Bücherfluten zu werden, eine alte Schwarte, in der andere lesen können, was auch immer. Woher kommst du, wohin gehst du, was treibt dich an im Leben? Solche Sachen.

Am Morgen, wenn die *Libreria* öffnet, ist das Gedränge noch nicht so groß. Für Luigi, den Besitzer, dem der Ansturm allmählich über den Kopf wächst, ist es die beste Zeit, er kann in Ruhe in seinem Cappuccino herumrühren, um die Zuckerkristalle möglichst gleichmäßig zu verteilen. Für Gina, die schmale weiße Katze mit den hellbraunen Flecken, ist der Morgen ebenfalls eine gute Zeit – Lesezeit. Sie interessiert sich eh nicht für die Menschen, die sie in allen möglichen und unmöglichen Sprachen vollquasseln. Am liebsten setzt sie sich in die Gondel und studiert die Neuerscheinungen. Auf den Buchdeckeln sind mal Leute zu sehen, die sich küssen, ein anderes Mal bedrohlich hohe Meereswogen, untergehende Schiffe, schwarz glänzende Pistolen oder auch mal eine saftige *Pasta Bolognese*. Rundherum sind Zeichen, die aussehen wie Fliegendreck. Gina hat inzwischen verstanden, dass der Fliegendreck etwas zu bedeuten hat. Je länger sie draufschaut, umso mehr begreift sie, was die Zeichen ihr zu sagen haben, sie ist eine gelehrige Katze. Auf den Rückseiten der Bücher ist ebenfalls eine Menge Fliegendreck zu sehen, und Gina betrachtet ihn stundenlang, manchmal schüttelt sie dabei leicht den Kopf. Oft vergisst sie über ihren umfangreichen Lektüren sogar zu essen. »*Ciao Gina, vieni a mangiare*«, ruft Luigi dann und zieht ungeduldig an seinen gelben Hosenträgern. Widerstrebend klettert Gina schließlich von der Gondel herunter und folgt ihm in die kleine Küche. Manchmal ignoriert sie ihn auch und liest einfach weiter. Sie ist eben eine Bücher-Katze. Basta.

Nemo hingegen lässt sich nicht zweimal bitten. Der schwarze Kater ist über die Jahre etwas dicklich geworden. Immer wieder bringen ihm Stammgäste etwas zu fressen mit: eine Makrele, eine Dose Thunfisch, ein Stückchen Huhn. Nemo ist nicht wählerisch, er vertilgt alles in Nullkommanichts. Er würde gern ab und zu mit Gina über die Bücherstapel hüpfen oder mit ihr vor der Tür einen kleinen Sprint über die Holzbohlen einlegen, aber Gina hat keine Lust. »Du bist so langweilig«, stöhnt Nemo, der für das gedruckte Zeug nichts übrighat, das nicht einmal essbar ist. »Am Ende bekommst du noch schlechte Augen und kannst keine Mäuse mehr jagen.« Gina findet ihn ungehobelt. Trotzdem hängen beide aneinander. Abends, wenn die Buchhandlung schließt, legen sie sich in eine der Bücher-Badewannen und kuscheln miteinander. »Bist du jetzt wieder schlauer geworden?«, will Nemo wissen. »Bist du noch etwas fetter geworden?«, fragt Gina zurück.

Zu den Stammgästen der Buchhandlung gehört auch Carla, ein Mädchen mit krausen schwarzen Haaren, das wie Gina nicht genug bekommen kann vom Lesen. Ihre Eltern sind arm und finden, Bücher seien Luxus, wozu Geld ausgeben für Staubfänger? Carla muss dann jedes Mal schlucken. Wenn sie genug Taschengeld zusammengespart hat, sucht sie sich in der *Libreria* etwas Neues aus. Gelegentlich liest sie Gina auch etwas vor. Die Katze ist jedes Mal fasziniert, wenn Carla ein Buch aufschlägt und gar nicht mehr aufhört, von Zauberern und Seeungeheuern zu erzählen. Nemo sitzt mitunter träge daneben und langweilt sich. »Frauen«, denkt er und überlegt, wie er dem Tag noch ein bisschen Pfeffer geben könnte.

Ein paar Tage vor Weihnachten, als Carla wieder einmal Gina mit leiernder Stimme mit Beschlag belegt, hält er es nicht mehr aus. Raus hier! Normalerweise geht er nur vor die Tür und nicht weiter, in den Gassen herrscht Gewusel, er hat keine Lust, getreten oder gar zerquetscht zu werden. Heute aber überwiegt die Neugier. Er will wissen, was die vielen Lichter zu bedeuten haben, die er vom Eingang der

Buchhandlung aus sieht und die die Stadt in einen ungewohnten Glanz tauchen.

Am frühen Nachmittag macht sich Nemo auf. Er läuft Slalom an den Menschen vorbei, erst vorsichtig, dann immer mutiger. Lässt sich durch die Gassen treiben, in denen sich mal nicht so viel Leute knäulen, sieht geschmückte Boote über die Kanäle gleiten, Fenster voller seltsamer Masken und überall goldene Sterne. Als er schließlich am Markusplatz ankommt, wundert er sich, dass überall das Wasser steht, eine riesige Pfütze bedeckt den Platz. Nemo bekommt nasse Tatzen, erst schlingert er, aber dann findet er zunehmend Gefallen an der Glitschpartie. In der Mitte des Platzes steht ein großer Baum mit Hunderten von Lichtern, an der Spitze leuchtet ein Stern. Nemo muss blinzeln, so etwas gibt es in der Nähe der Buchhandlung nicht.

Irgendwann merkt er, dass seine Augen müde werden und nicht noch mehr von dem Geflimmer aufnehmen können. Also weg von hier! Bald landet er an einem Anleger des *Canal Grande.* Auf dem Wasser schaukeln mehrere Gondeln, die mit Kissen ausgelegt sind, daneben stehen ein paar Männer mit roten Mützen auf dem Kopf. Nemo kennt die schwarzen Dinger von der Buchhandlung, aber diese hier sind leer und nicht vollgepackt mit dicken Wälzern. Dann los! Er macht einen Satz und landet direkt auf einem weichen Kissen. Einer der rotbemützten Männer fängt an zu schreien. »Piescher mir bloß nicht in mein Boot!« In dem Moment nähert sich eine Familie, ein Paar mit einem kleinen Jungen. »Schaut mal, die Katze auf dem Schiff!«, ruft der Junge aufgeregt. Dann bettelt er, er möchte mit der Gondel fahren, zusammen mit der Katze. »Na gut, Ben, von mir aus, weil bald Weihnachten ist«, sagt die Mutter, »aber wir müssen noch den Gondelführer fragen.« Es dauert einen Moment, dann hat sie den Mann mit dem sorgfältig gestutzten Backenbart überredet, und er willigt ein, die Katze darf an Bord bleiben. Ohne Nemo, das weiß er, hätte er das Geschäft nicht gemacht.

Als die Gondel ablegt und über das Wasser schaukelt, streckt sich der Kater genüsslich auf seinem Kissen aus. Die vielen Menschen, das Geflimmer an jeder Ecke, all das ist jetzt weit weg. Er hört nur das glucksende Wasser und Ben, der vor Aufregung rote Wangen bekommen hat. Der Bootsführer, der Matteo heißt, fängt an zu singen, »Halleluja, halleluja …« Nemo findet, dass er nicht so laut rumposaunen müsste. Aber irgendwann, als Ben zu lachen anfängt, hört Matteo auf. Nemo blinzelt in das schummrige Licht der Gondellaterne. Er hätte nicht gedacht, dass die schmalen Teile schwimmen können, anstatt nur alte Schwarten aufzubewahren, wie bei ihm zu Hause. Je länger sie auf und ab schaukeln, umso müder wird er, und schließlich schläft er ein.

Rums! Ein Ruck geht durch das Boot, die Gondel ist wieder am Anleger angekommen. Nemo wacht auf; im ersten Augenblick weiß er nicht, wo er ist. Die Gondel schwankt, als Matteo und die Familie aussteigen. Nemo sieht, dass die Mutter dem Gondoliere ein paar Scheine in die Hand drückt. »*Grazie, arrivederci*«, ruft Matteo und vertäut seine

Gondel. »Was machen wir mit der Katze?«, fragt Ben, offenbar haben alle anderen Nemo vergessen. Matteo springt zurück ins Boot, greift Nemo mit beiden Händen und hievt ihn auf den Anleger. Ben zeigt auf das grüne Halsband, das der Kater trägt. »Nemo. *Calle Longa Santa Maria Formosa 5176b*« steht da in schwarzer Schrift. »Ist nicht weit von hier«, sagt der Gondoliere und zeigt den Weg auf seinem Handy. »Wollen wir die Katze zurückbringen?«, fragt Ben. »Wenn wir die Adresse finden«, antwortet sein Vater und nimmt Nemo auf den Arm. »Hier in den Gassen verläuft man sich schnell.« Über der Stadt liegt jetzt dichter Nebel, die Laternen sehen aus wie in Watte gepackt, die Brücken sind zu Schemen geworden. Die Lichterketten, die an den Anlegern blinken, spiegeln sich nur noch matt im Wasser. Von Ferne hört man das Nebelhorn eines großen Schiffes.

Es dauert nicht lange, bis die Familie die Buchhandlung gefunden hat. »Noch eine Katze!«, ruft Ben und zeigt auf Gina. Die Bücher-Katze sitzt auf einem Stuhl vor der Tür, gegen ihre sonstige Gewohnheit. Als sie Nemo sieht, schießt sie auf ihn zu, und der Kater springt von den Armen des fremden Mannes herunter. Zuerst faucht Gina den Heimkehrer wütend an und kratzt ihn am Bauch. Nemo wehrt sich nicht und blinzelt Gina mehrfach an. Dann gibt Gina nach und schmiegt sich an sein Fell, das etwas feucht geworden ist. Gemeinsam trotten sie zum Eingang. »*Ciao*, Katzen«, ruft Ben, und es klingt ein bisschen traurig. Als die beiden schon im Laden verschwunden sind, winkt er ihnen immer noch hinterher.

In der Buchhandlung sind kaum noch Leute. Nemo läuft zielstrebig in die Küche und macht sich über die Makrelen in seinem Napf her. Dann streckt er sich mehrfach und schnurrt zufrieden. Schließlich kriecht er in einen großen Gummistiefel, der der Länge nach auf dem Boden liegt, mit einer schwarzen Socke als Kopfkissen. Gina legt sich daneben, der andere Stiefel ist noch frei.

Womöglich träumt Nemo jetzt, dass der Gummistiefel ein Boot ist, das unter den Brücken des *Canal Grande* entlangschippert. Mitunter blinzelt er in das weiche Licht der Laterne, die am Bug seines kleinen Gummibootes hängt.

ROBERTA GREGORIO
Wo ist Federico?

»Mamma, ich habe mich von Ignazio getrennt!«, gestand Lara plötzlich. Übergangslos, denn gerade hatte sie sich noch mit ihrer Mutter Annetta über das Wetter unterhalten, über den vielen Schnee, der diesen Teil der Abruzzen auch dieses Jahr wieder in ein weißes Wunderland verwandelt hatte.

»Was meinst du mit *getrennt*?«, wollte die Mutter wissen und schenkte sich Weihnachtstee nach, der roch wie ein leckerer Keks mit Zimt, Apfel, Vanille, Orange und Gewürznelke. Sie schob Lara noch eine Scheibe Panettone zu, die sie natürlich annahm. Jetzt war es eh schon egal.

Sie saßen im Wohnzimmer am Kamin, Lara in ihrem Lieblingsschaukelstuhl. Und obwohl das Leben gerade richtig fies war, fühlte sie sich hier in ihrem Elternhaus geborgen, inmitten all der Weihnachtsdekoration, die sie seit ihrer Kindheit kannte. Die weiße Statue, zum Beispiel, die einen sitzenden Engel darstellte, hatte sie aus Versehen umgeworfen, als sie als junges Ding zu einem Song von Gianna Nannini getanzt hatte. Ein Zeh des Engels hatte dran glauben müssen. Ihr Vater hatte ihn schnell wieder angeklebt. Und man sah eigentlich gar nichts, außer, man wusste es. Dann erkannte man den feinen Riss. Erinnerungen an ihren verstorbenen Papà überfluteten sie. So viele Jahre waren seit seinem Tod vergangen, und doch fühlte es sich an wie gestern.

Lara seufzte. »Getrennt, Mamma. *Finito*. Verstehst du?«

Nun wurde Annetta aber hellhörig. »Wer ist denn bitte so

blöd, sich in der Vorweihnachtszeit zu trennen?«, war ihre gar nicht so unberechtigte empörte Frage.

»Es ging einfach nicht mehr«, versuchte Lara, sich zu rechtfertigen.

Die Mutter warf ihre Kniedecke zur Seite, stand genervt auf und stapfte in die Küche. Sie sah dabei so unkoordiniert aus, wie Lara es von ihr kannte. Das Alter hatte sie zwar etwas gebrechlich, aber deswegen nicht minder einschüchternd gemacht. Sie war ein bisschen wie ein General. Ihre Armatur bestand aus willkürlich zusammengewürfelter Kleidung und – obligatorisch – Gummistiefeln.

Sie hatte es an den Füßen und schwor, dass sie nur noch in den Gummistiefeln laufen konnte. Zugegeben, sie hatte sie zurechtgeschnitten, aber sie waren natürlich alles andere als elegant.

Als sie zurückkam, knallte sie einen Teller mit Pastorelle auf den Couchtisch und setzte sich wieder. »Nimm!«, befahl sie.

Was blieb Lara anderes übrig, als sich eine der hübschen Leckereien in den Mund zu schieben? Lara liebte den mit Kastaniencreme gefüllten frittierten Teig und griff gleich noch mal zu. Und noch mal. Sie mampfte und merkte, dass jede andere Art von Reaktion von Mamma sie gewundert hätte. Ihre Mutter war ruppig, direkt. Aber sie fing einen auch auf. Egal, von wo man fiel.

»Was wird denn nun aus Federico?«, wollte Mamma wissen.

Federico …

Lara schluckte die Pastorelle und musste mit Tee nachspülen. Ihre Kehle war wie zugeschnürt.

Federico war ihr geliebter Kater, ihr Baby. Aber er war auch Ignazios Baby und eigentlich der einzige Grund, warum Lara sich nicht eher getrennt hatte.

Sie beide liebten Federico, sie beide wollten Federico für sich.

»Ignazio meint, er soll erst mal zu Hause bleiben, bis wir …«, versuchte Lara zu erklären, dass sie nach einer Lösung suchten, doch Annetta unterbrach sie brüsk.

»Ignazio ist ein Idiot!«, fand sie.

»Ich dachte, du magst ihn.«

»Fast so sehr, wie ich Al Banos neue Frau Loredana mag«, erwiderte die Mutter und warf, ruhelos wie sie war, weiter Holz in den Kamin. Dann setzte sie sich wieder.

»Du hasst diese Frau …«

Annetta hob die Augenbrauen.

»Wieso hast du nie etwas gesagt?«

»Weil man alles tut, damit das eigene Kind glücklich ist. Und ich dachte, der Idiot macht dich zumindest glücklich!«

»Ach, Mamma …«

Sie seufzten beide, tranken Weihnachtstee aus den roten Tassen mit goldenen Sternen, während draußen weiter dicke Schneeflocken fielen.

»Kann ich erst mal bei dir schlafen?«, fragte Lara leise. Ihr wurde schwer ums Herz. Sie sprang nicht vor Freude im Dreieck bei der Idee, mit fast fünfzig wieder in ihr Elternhaus zu ziehen.

»Nicht ohne Federico!«

Lara kicherte nervös, aber ihr reichte ein Blick in das Gesicht ihrer Mutter, um zu verstehen, dass sie es ernst meinte.

Lara fuhr nach Hause, musste klingeln, weil sie den Hausschlüssel nicht fand, und schlief auf der Couch.

Grazie mille, Mamma!

***

Die Wohnung, in der sie fast zwanzig Jahre lang gemeinsam gelebt hatten, gehörte Ignazio. So mussten sie sich wenigstens nicht streiten, wer hier wohnen bleiben durfte. Laras Hab und Gut passte in einen kleinen Transporter. Es schneite noch leicht, während sie Kisten vom Haus zum Van hievte. In ihrem Kopf hatte es sich leichter angefühlt, die Beziehung zu beenden, denn letztendlich hatten sie nur mehr als gute Freunde miteinander gelebt. Kein Drama, kein Streit. Wie ein gutes Buch, das nach angenehmen, aber nicht berauschenden Lesestunden zugeklappt wurde. Aber das ganze Praktische, wie zusammenpacken und überlegen, was überhaupt ihr gehörte oder nicht, erforderte doch viel Einsatz.

Federico merkte, dass etwas vor sich ging. Er war ein verwöhnter Bengel, aber nicht dumm. Grau mit großem Kopf. Sein Fell war kurz und gepflegt, seine Augen leuchteten hell. Er strich schon den ganzen Tag um Laras Beine und hatte sie ein paar Mal fast zum Stolpern gebracht. Er maunzte laut, und es klang auf seltsame Weise wie ein *Wohin gehst du, Mamma?*. Ausgeschlossen, dass Lara ihn bei Ignazio zurücklassen konnte. Das brachte sie nicht übers Herz.

»Ignazio, hör mal, vielleicht sollte ich Federico mitnehmen …«, deutete sie an, als nur noch die Kisten aus der Küche übrig waren. Ignazio half nicht mit. Natürlich nicht. Er hatte nie geholfen und würde jetzt nicht damit anfangen.

Er war beleidigt. In seinem Stolz verletzt. Aber er tat auch nichts, um sie am Ausziehen zu hindern. Nicht dass sie es von ihm erwartet hätte.

Ignazio, der Zwei-Meter-Mann, den sie einst geglaubt hatte zu lieben, stand an der Küchentür, sein Kopf war fast verdeckt vom Weihnachtskranz, den sie auch dieses Jahr aufgehängt hatte – eine Angewohnheit. So wie alles eine Angewohnheit geworden war. Sogar die Liebe oder das, was davon geblieben war. Er blickte sie an, als sei sie von Sinnen. »Nur über meine Leiche.«

Federico miaute und miaute, bis sie sich erbarmte und ihn hochhob. Sie küsste ihn auf den dicken Kopf und hielt ihn an sich gedrückt. »Aber du bist doch sowieso über Weihnachten bei deinen Eltern. Er kann bei mir bleiben, statt ...« Letztes Jahr hatten sie ihn über die Feiertage in die Tierpension gebracht, wo er sich prächtig amüsierte. Aber das war diesmal sicher nicht notwendig.

»Ich nehme ihn mit!«, beschloss Ignazio.

»Wohin? Zu deinen Eltern, die ihn hassen? Wohl kaum!«, beschloss sie. Das kam gar nicht infrage. Sie hatten es einmal versucht und nie wieder. Seine Mutter war mit einem Fusselroller hinter Federico hergerannt, im Versuch, immer gleich die Katzenhaare zu entfernen, wenn Federico von der Decke, von der Couch, vom Teppich oder vom Stuhl aufstand. Und Ignazios Vater hatte den ganzen Tag über ein Nasenspray benutzt, obwohl er gar nicht allergisch auf Katzenhaare war.

Nein, so sollte Federico Weihnachten nicht verbringen.

Doch bevor Ignazio etwas erwidern konnte, unterbrach der Klingelton von Laras Handy ihr Gespräch.

»*Pronto?*« Sie versuchte, Federico wieder auf den Boden zu lassen, aber er krallte sich regelrecht an sie. Es war nur ein öder Weihnachtspulli, den sie irgendwann von Ignazios Mutter geschenkt bekommen hatte, aber sie wollte trotzdem nicht, dass Federico ihn zerfledderte. Also hob sie den Kater so an, dass er über ihre linke Schulter blicken konnte. Er schmiegte sich an ihren Hals.

Ihre Mutter war am Telefon. »Ich stecke mit dem Auto im Schnee fest. In der Kurve, die zum Supermarkt führt. Kommst du mich holen? Nimm Ignazio mit, der weiß, wie das geht. Anscheinend das Einzige, was er weiß, der Nichtsnutz …« Ignazio hatte natürlich jedes Wort gehört. Warum konnte Annetta nicht ab und an etwas einfühlsamer sein? Ihr Taktgefühl war ihr gänzlich abhandengekommen.

»Mamma, das geht jetzt schlecht …«, deutete Lara an.

»Kein Problem, dann kannst du ja morgen vorbeikommen und schauen, ob ich noch lebe.«

Lara rollte mit den Augen.

Es stimmte zwar, dass es im kleinen Bergort Cappelletto im Winter immer schneite, aber das bedeutete nicht, dass die Gemeinde die Straßen räumte. Lara konnte auch nicht darauf hoffen, dass ein anderer Autofahrer ihrer Mutter weiterhalf, denn die Bevölkerung war in den letzten Jahren rapide zurückgegangen. Einen Abschleppdienst gab es nicht in nächster Nähe, der musste aus der Stadt kommen. Und ob sich jemand darauf einließ, bei den Schneeverhältnissen auf den Berg zu fahren, war auch fraglich.

Blieb also nur Lara …

Sie blickte zu Ignazio, der so süffisant lächelte, wie sie es noch nie gesehen hatte. Zeigte er jetzt sein wahres Ich?

»Lara!«, maulte Annetta. »Mir ist kalt.«

»Ja, ja! Ich komme schon!«, versprach Lara und legte auf. Bei guter Witterung bräuchte sie bis zu ihrer Mutter eine Viertelstunde. Aber sie hatte kein besonders gut ausgestattetes Auto und wusste nicht, ob sie es damit überhaupt schaffen würde, Annetta zu helfen. Sie seufzte. Es widerstrebte ihr, aber sie musste Ignazio bitten, mit einzuspringen. Sie räusperte sich. »Begleitest du mich? Als letzten freundschaftlichen Dienst?« Sie hasste es, ihn anflehen zu müssen. Und sie hasste ihre Mutter ein bisschen dafür, sie überhaupt in diese Situation gebracht zu haben. Lara wollte Ignazio, der wie der Herrscher des Universums dastand, gar nicht anschauen, bückte sich daher, auch um Federico, der kein Fliegengewicht war, auf den Boden zu setzen.

»Ich warte im Auto auf dich«, sagte Ignazio. Und Lara war ihm dankbar.

***

Etwas weniger dankbar war sie ihm dann während der Fahrt zu besagter Kurve. Er ließ kein gutes Haar an Annetta. »Sie ist eine keifende Zicke!«, schimpfte er.

Lara konnte ihm nicht wirklich widersprechen.

»Sie hat mich noch nie gemocht«, redete er weiter. »Aber eins sage ich dir: Das beruht auf Gegenseitigkeit!«

Sie fuhren an einigen Wohnhäusern vorbei. Die erleuchteten Fenster machten Lara etwas nostalgisch. Geschmückte Weihnachtsbäume waren zu sehen. Es schneite wieder heftiger. Eine friedliche Vorfreude machte sich in ihr breit, auch wenn sie nicht sagen konnte, worauf sie sich eigentlich freute. Ihr Weihnachtsfest am morgigen Tag stand nicht gerade unter einem positiven Stern …

Doch der innere Frieden hielt an. Er ermöglichte es ihr, Ignazios Litanei auszublenden. Der innere Frieden hielt nicht mehr an, als sie zur Kurve gelangten und von ihrer Mutter keine Spur zu sehen war. Ziemlich genervt rief sie ihre Mutter an.

»Wo bist du?«, fragte sie ohne Umschweife.

»Ach, Schätzchen, es tut mir so leid, aber ich habe es selbst geschafft, mich zu befreien.«

»Ja, nun. Vielleicht hättest du uns Bescheid geben können?« War das zu viel verlangt?

»*Scusami.* Ich muss jetzt Schluss machen. Wir sehen uns später bei mir?«

Und schon hatte Annetta aufgelegt.

»Bin ich froh, dass ich mit dieser Verrückten nichts mehr zu tun habe!«, warf Ignazio ein.

Herrlich!

Nun konnte es ja nur noch besser werden.

***

Besser wurde es aber keineswegs. Denn als sie wieder zu Hause eintrafen, war Federico verschwunden.

Weg.

Einfach so.

Er war eine reine Hauskatze und bisher nie wirklich interessiert daran gewesen, die Welt da draußen zu erkunden.

»Da hast du's! Du hast ihn traumatisiert!«, schlussfolgerte Ignazio.

»Na, hör mal. Er ist doch kein Teenager, dessen Eltern sich trennen!«

Sie durchsuchte die ganze Wohnung. Kein einziges Fenster stand offen.

Wie war er nur entwischt?

Sie hatten die Wohnung in Eile verlassen. Wegen ihrer Mutter. Vielleicht hatte sie eine Sekunde lang nicht aufgepasst und er war durch die geöffnete Tür hinausgerannt?

Andererseits war Federico kein Fliegengewicht. Er huschte nicht unbemerkt einfach so weg.

Die Sorge um Federico, das Rätsel um sein Verschwinden, der plötzlich gehässige Ignazio … das alles wurde Lara zu viel. Sie packte die restlichen Kisten in den Transporter. Und Ignazio versprach, sich zu melden, sobald Federico wiederkam. Denn für Ignazio stand fest, dass es ihre Schuld war, weil sie ihn mit dem Packen aus dem Gleichgewicht gebracht hatte, und dass der Kater nach ihrem Auszug glücklich wieder heimkehren würde.

Bitte. Wenn es Ignazio beruhigte, ließ sie ihn gern in dem Glauben.

Es war zwar weit nach Mitternacht, aber sie hielt es keine Sekunde länger aus. Ihr neues Leben wartete auf sie. Ja, es war nicht die beste Version, aber Lara würde sich bei ihrer Mutter noch immer wohler fühlen als mit Ignazio. Und es war schließlich nur vorübergehend.

Diese und weitere Gedanken begleiteten sie auf dem Weg in ihr Elternhaus.

Als Lara die Auffahrt hochfuhr, brannte noch Licht bei ihrer Mutter. Ungewöhnlich, sonst lag sie um diese Zeit längst im Bett. Sie parkte den Transporter vor der Garage.

Die Kisten würde sie erst morgen ausräumen. Leise schloss Lara die Haustür auf, wobei ihr wieder einfiel, dass sie ihre Schlüssel zu Ignazios Wohnung verlegt hatte.

Als sie eintrat, hängte sie ihren Mantel in die Garderobe und zog die Winterstiefel aus. Auf Socken schlich sie ins Wohnzimmer und war überrascht, Annetta noch am Kamin vorzufinden. Sie saß in Laras Lieblingsschaukelstuhl, der Richtung Feuer gerichtet war. Nur das Knarzen des Holzes, wenn der Stuhl vor und zurück schwang, war zu hören.

»Mamma?«

Ein seltsamer Laut kam zurück.

Lara setzte sich erschöpft auf einen Sessel, ihrer Mutter gegenüber. Und in diesem Moment traf sie fast der Schlag.

Dort auf dem Schoß ihrer Mutter thronte ganz genüsslich – Federico!

Lara rang nach Worten, doch es hatte ihr die Sprache verschlagen.

Federico miaute freudig, kam zu Lara gesprungen und schmiegte sich an ihre Beine.

»Ich habe ihn aus der Wohnung geholt, als ihr auf dem Weg zur Kurve wart!«, erklärte Annetta knapp und hielt Laras Wohnungsschlüssel hoch.

»Aber, Mamma, so geht das nicht!« Lara hatte ein schlechtes Gewissen wegen Ignazio.

»Ach, Papperlapapp. Wir feiern jetzt erst mal Weihnachten mit Federico!«

Und wo sie recht hatte, hatte sie recht, fand Lara.

Buon Natale!

THERESA PRAMMER
Santa Schnurr

»Wer schrieb ›Der Rabe‹? A) Edgar Allen Katz, B) Miauchelangelo, C) William Shakespaw oder D) Friedrich Schnurrsche?«

Santa Schnurr rief dem Fernseher zu: »Antwort A«, und nahm einen Schluck Glühmilch. Den ganzen Dezember hatte er sich auf diesen Moment gefreut. Wenn Weihnachten vorbei war, er alle Kätzchen unter den Weihnachtsbäumen abgeliefert hatte und es nichts weiter zu tun gab, als die Pfoten hochzulegen und sich die aufgezeichneten Folgen von »Wer wird Mausionär?« anzusehen.

Der junge Miezerich am Bildschirm leckte sich ratlos über die Pfote. Er hatte bereits alle Joker verbraucht.

»Ich kenne nur einen Namen, ich riskiere es. Antwort D.«

Santa Schnurr verdrehte die Knopfaugen. »Was bringen die euch auf der Miaukademie eigentlich bei?«, murrte er und wollte die Werbung vorspulen, als eine Nachricht auf seinem Purrphone einging. Er wischte über den pfotenfreundlichen Touchscreen – sie war aus dem Nebenhaus. Von Santa Claus persönlich. Das konnte nichts Gutes bedeuten, sofort drehte Santa Schnurr den Fernseher ab.

»NOTFALL – ich habe eine Empfängerin auf deiner Liste vergessen! Ihr Wunschzettel kam im Juli, bitte UNBEDINGT heute noch eine Katze liefern. Ich mache es wieder gut, die nächste Glühmilchlieferung geht auf mich.« Kaum hatte er die Nachricht zu Ende gelesen, kam schon die Adresse: Emily Huber, Spittelberggasse, Wien.

Na bravo! Santa Schnurrs Ruhepuls schnellte von den entspannten 110 Schlägen auf 200. Wo sollte er bitte jetzt ein Kätzchen herbekommen? Und wie? Er hatte doch keine Ahnung, es gab schließlich nicht umsonst ein jahrhundertealtes System. Santa Claus übermittelte alle Katzenwünsche an Santa Schnurrs Abteilung. Whiskerbell überprüfte die Empfänger, wählte aus, wer für eine Katze in Frage kam und wer doch besser einen Hund erhalten sollte. Die endgültige Liste wurde an Flauschi weitergeleitet, sie und ihr Team wiesen die verfügbaren Kätzchen zu. Und Santa Schnurr verteilte die aufgeregten Katzenkinder am Heiligen Abend mit seinen Rennkatzen Blitzpfote, Krallenstern und Flitzenase. Er hatte bereits sein gesamtes Team in den Weihnachtsurlaub geschickt, er war allein. Nein, Santa Claus konnte sich das abschminken, es war seine Schuld, sollte er sich darum kümmern. Als hätte sein menschliches Pendant seine Gedanken gehört – was er wahrscheinlich wirklich tat, doch Santa Schnurr wollte das gar nicht so genau wissen –, ploppte eine weitere Nachricht auf dem Purrphone auf.

»Sieh bitte in Flauschis Notfallmappe nach, was in so einem Fall zu tun ist. Sie sollte in ihrem Schreibtisch liegen. S. C.«

Verdammt. Mit einem leisen Fauchen schälte sich Santa Schnurr aus seinem Fernsehkörbchen. Die Notfallmappe lag natürlich nicht in Flauschis Schreibtisch, er fand sie völlig verstaubt auf dem hintersten Regal in der obersten Ecke.

Paragraph 112: Im Falle der versäumten Vermittlung eines Wunsches ohne kurzfristig verfügbares Kätzchen ist Santa Schnurr verpflichtet, das nächstgelegene Tierasyl aufzusuchen und passenden Ersatz zur Wunscherfüllung einzuholen.

O nein. Santa Schnurr schnappte nach Luft. Das hatte nicht nur mit seiner Stauballergie zu tun. Sondern mit dem Ort, dessen bloße Erwähnung seine Fellhaare zu Berge stehen ließen. *Tierasyl.* Und er hatte gedacht, sein schlimmstes Weihnachten wäre das vor vier Jahren gewesen. Als er wegen des verdorbenen Karpfens bei der Weihnachtsfeier am 24. Dezember seine Auslieferungen mit Katzenklo und Kübel machen hatte müssen. Hätte er jetzt die Wahl zwischen diesem alten Fisch und dem Tierasyl, er hätte mit Begeisterung gleich zwei Portionen gegessen.

Musste er das wirklich tun?

»Ja«, kam die Antwort auf sein Purrphone.

Das Tierasyl lag in einer dunklen kleinen Straße am südlichen Rand von Wien. Santa Schnurr stand vor dem Eingang und zog seinen roten Mantel mit dem weißen Fellbesatz so eng er konnte. Er war noch nie in einem Tierasyl gewesen, er kannte diesen Ort nur aus Gruselgeschichten, die sich die anderen Katzen erzählten. Darum war es ihm hoch anzurechnen, dass er allein hier war und sein Team nicht aus dem wohlverdienten Weihnachtsurlaub zurückbeordert hatte. Das wollte er niemandem antun. Hoffentlich berücksichtigte Santa Claus das bei der Glühmilchbestellung. Die Tür des Tierasyls war mit einem elektronischen Zahlenschloss versperrt. Santa Schnurr wischte über sein Purrphone und hielt das Display an das Schloss. Ein leises Klicken war zu hören, und die Tür sprang auf. Das war ein Vorteil des digitalen Zeitalters, wenigstens musste er sich nicht mehr durch Kamine zwängen.

Totenstille empfing ihn. Die Beleuchtung der Notausgangsschilder tauchte den leeren Gang in gespenstisches Grün. Er tapste, so leise er konnte, weiter. Da waren mehrere Türen, auf einer klebte das Foto eines rot getigerten Kätzchens. Ha, hier war er richtig. Er brauchte drei Anläufe, um auf die Klinke zu springen. Der Geruch von herrlichstem Thunfisch stieg ihm in die Nase, als sich die Tür öffnete. Da stand ein Kratzbaum, der vor bunten Lichtern nur so funkelte. An ihm hingen kleine braune Bällchen, die diesen Duft verströmten. War das eine Falle? Um Katzen hier hereinzulocken? Wahrscheinlich.

Es kostete Santa Schnurr alles an Willenskraft, nicht über die Thunfischbällchen herzufallen. Nein, er war nicht deswegen hier. Er brauchte dieses rote Kätzchen, und dann nichts wie raus hier. Vielleicht nur einmal daran lecken. Ganz kurz. Halleluja, das Bällchen schmeckte himmlisch.

»Ich glaub es nicht. Es gibt ihn wirklich«, hörte er eine Stimme. »Du bist Santa Schnurr, richtig?«

»Unsinn, das ist irgendein Streuner, der ein warmes Plätzchen sucht. Na, haben sie dich ausgesetzt?«, antwortete eine hohe Piepsstimme.

»Könnt ihr nicht mal Ruhe geben, ich will schlafen«, maunzte eine heisere Stimme.

Santa Schnurr drehte sich langsam um. Die bunten Lichter des Kratzbaums spiegelten sich in Knopfaugen, die ihn hinter einer Wand aus Gitterstäben musterten.

»Wenn du Santa Schnurr bist, wo sind dann unsere Geschenke?«, meldete sich wieder die erste Stimme. Sie gehörte zu einem schwarzen Kater mit nur einem grünen Auge. Dort, wo das zweite sein sollte, befand sich eine Narbe. Das war ja furchtbar.

»Jetzt lass den Armen doch erst mal futtern. Na, wie heißt du denn?«, fragte die Katze mit der Piepsstimme. Sie sah schrecklich aus, ihr fehlte an allen möglichen Stellen das Fell – als wäre es herausgerissen worden.

Die Geschichten über das Tierasyl stimmten also. Hier wurden seine Artgenossen gequält.

»Es … tut … mir so leid«, wimmerte Santa Schnurr.

»Was tut ihm leid?« Eine Katze mit trüben Augen und einer lahmen Pfote, die sie hinter sich herzog, war neben die anderen beiden getreten.

»Keine Ahnung«, sagte Piepsstimme. »Vielleicht, dass er dieses grauenhafte Zeug vom Baum frisst. Das macht nichts, bedien dich.«

»Nein, ich meine, es tut mir so leid, was die Menschen mit euch gemacht haben.«

»Aber du kannst doch nichts dafür, dass wir ausgesetzt wurden«, maunzte Lahmpfote.

»Ich spreche von … der Folter, hier im Tierasyl.«

Die drei Katzen sahen sich an, dann brachen sie in schallendes Gelächter aus. *Kein Wunder, dass sie wahnsinnig geworden sind*, dachte Santa Schnurr. Er musste sie so schnell wie möglich hier wegschaffen. Die Frage war nur, wohin?

»Wir werden hier doch nicht gefoltert«, gluckste Einauge. »Die kümmern sich um uns. Weil … uns keiner haben will.«

Santa Schnurr brauchte einen Moment, um zu verstehen. Das redeten die Tierasyl-Menschen ihnen ein. Er hatte schon davon gehört – man nannte das Stockholm-Syndrom.

»Wo ist das rote Kätzchen?«, fragte er. Wenn er erst mal Emilys Wunsch erfüllt hatte, würde er sich um die drei hier kümmern.

»Das von dem Foto? Das ist nur Werbung, das kann man nicht adoptieren«, antwortete Piepsstimme.

»Nur wir drei sind da«, sagte Lahmpfote und gähnte.

»Adoptieren?«, fragte Santa Schnurr nach.

»Ja, die Menschen kommen her, suchen sich eine Katze oder einen Hund aus und geben ihnen ein Zuhause.«

Davon hatte er nie gehört. »Dafür ist das Tierasyl? Ihr werdet nicht gefoltert?«

Die drei lachten erneut auf.

»Du meinst, weil wir so aussehen? Nein. Sagen wir mal so, wir sind hergekommen, weil wir mit unserem Zuhause nicht so viel Glück hatten.«

»WAS? D...d...d...das haben euch Herrchen und Frauchen angetan?«

Ihm wurde schwindlig, als die drei nickten. Kein Wunder, die Glühmilch, der Stress und jetzt diese Neuigkeiten. Er plumpste auf den Hintern.

»Oje, der Arme ist ganz blass«, sagte Einauge.

»Atmen, ruhig ein- und ausatmen«, brummte Lahmpfote.

»Ich glaube, er wird ohnmächtig«, hörte er Piepsstimme. Dann wurde alles schwarz.

Als Santa Schnurr aufwachte, dachte er im ersten Moment, es wäre alles nur ein Traum gewesen, und schwor sich, nie wieder so viel Glühmilch zu trinken. Doch kaum blinzelte er, erkannte er die fünf Augen, die auf ihn herabstarrten.

»Na, alles wieder gut?«, fragte Einauge und stupste ihn mit der Pfote an.

Santa Schnurr blinzelte, in der Hoffnung, er würde halluzinieren. Aber die drei verschwanden nicht.

»Wie seid ihr aus dem Käfig gekommen?«, fragte er.

»Betriebsgeheimnis«, gluckste Piepsstimme.

»Wenn man so lange hier ist wie wir, kennt man alle Tricks«, brummte Lahmpfote und rollte ihm eine Thunfischkugel vom Kratzbaum über den Steinboden.

»Wer bist du wirklich?«, fragte Einauge. »Und was machst du hier?«

Santa Schnurr begann zu erzählen, von seinem Zuhause, Santa Claus und Weihnachten. Als er fertig war, wisperte Einauge: »Es gibt dich also doch.«

Lahmpfote wirkte etwas skeptisch, Piepsstimme hingegen war so eingeschüchtert, dass ein leises Pfeifen aus ihrem Maul drang.

»Ja, es gibt mich.« Er rappelte sich hoch und reckte sich. »Aber wenn Emily kein Kätzchen bekommt, glaubt sie nicht mehr an Santa Claus. Und das erzählt sie ihren Freundinnen und Freunden.«

»Na und?«, sagte Lahmpfote. »Dann glaubt sie eben nicht an Santa Claus. Was interessiert es dich?«

»Du verstehst das nicht – je weniger Kinder an Santa Claus und damit auch an mich glauben, desto weniger Aufträge bekommen wir, und dann glauben noch weniger Kinder an uns. Bis eines Tages gar keines mehr an uns glaubt, und dann werden wir nicht mehr gebraucht. Und damit wären wir …«

»… so ungebraucht und unnütz wie wir«, beendete Einauge seinen Satz.

Santa Schnurr schluckte. Das war ja schrecklich. Er würde sich etwas einfallen lassen. Aber nicht jetzt. Zuerst musste er sich um Emily kümmern.

»Ich glaube, ich weiß, wo du ein Kätzchen bekommst. Es ist gefährlich«, miaute Piepsstimme.

»Du meinst doch nicht ...«, begann Lahmpfote.

»Doch, genau den meint sie«, nickte Einauge. »Und ich finde, das ist eine hervorragende Idee. Hör zu, Santa Schnurr. Vor ein paar Tagen war ein Junge mit seinen Eltern hier. Die Betreuerin wollte ihm keine Katze geben, er hatte schon drei, und die sind alle bei merkwürdigen Unfällen umgekommen. Er ist ein fieser, gemeiner Junge, sein Name ist Gabriel. Und er wollte ein kleines schwarz-weißes Kätzchen mitnehmen, Mimsey. Als er die nicht bekommen hat, griff er durch das Gitter und hat mich fest ins Ohr gezwickt. Ich hab ihn gekratzt, er hat losgeheult, die Eltern wollten das Tierheim verklagen. Kurzum, deswegen hat er dann doch Mimsey mitnehmen dürfen.«

»Ihr meint, ich soll ihn finden, Mimsey befreien und sie Emily unter den Weihnachtsbaum legen?«

Die drei nickten. »Zwei Mäuse mit einer Klappe«, sagte Lahmpfote.

»Das ist keine schlechte Idee«, sagte Santa Schnurr, griff nach einer Thunfischkugel und stopfte sie sich ins Maul. »Und wo finde ich diesen Gabriel?«, fragte er mampfend.

»Wir sagen es dir, unter einer Bedingung – wir drei kommen mit«, sagte Einauge.

Santa Schnurr verschluckte sich an der Thunfischkugel und musste so husten, dass ihm die Tränen kamen. »Das ist Erpressung«, keuchte er.

Statt einer Antwort sah er in drei grinsende Katzengesichter.

Eine halbe Stunde später stand das Quartett vor einer herrschaftlichen Villa im noblen neunzehnten Bezirk in Wien. Santa Schnurr zückte sein Purrphone, hielt es an die Alarmanlage, und im nächsten Moment sprang die Tür auf. So leise wie möglich schlichen die vier ins Haus. Es roch ekelhaft nach Putzmittel, von Mimsey war keine Spur zu sehen. Im Wohnzimmer lief ein Fernseher. Sie tapsten von Zimmer zu Zimmer, Einauge knallte immer wieder gegen Möbel, und Santa Schnurr befürchtete, dass man sie entdecken würde. Doch zum Glück übertönte der Fernseher alles. Sie kamen zu einer Tür mit vielen Aufklebern, sie war nur angelehnt. Ein lautes Schnarchen war zu hören.

»Mimsey?«, wisperte Piepsstimme. »Mimsey, bist du da?«

»Hilfe, ich bin hier, Hilfe«, maunzte es aus einer Ecke.

Das Schnarchen verstummte.

»Bitte, Hilfe, Hilfe«, maunzte Mimsey erneut.

»Psst«, sagte Santa Schnurr, aber es war zu spät. Der Junge war aufgewacht, knipste das Licht an und sprang aus dem Bett. Santa Schnurr wusste nicht, wo er zuerst hinsehen sollte. Zu der kleinen schwarz-weißen Katze, die eingesperrt in einem winzig kleinen Käfig in der Ecke zitterte. Oder zu dem Jungen, der sich vor ihnen aufbaute, in seinen Augen glitzernde Mordlust. Mit einem Ruck schloss er die Zimmertür.

»Na, das nenne ich mal ein Weihnachten. Zuerst sollte ich nicht mal eine bekommen, und jetzt habe ich gleich vier. Und ich weiß schon, was ich mit euch mache.« Bei seinem Lachen stellten sich Santa Schnurrs Haare auf. »Wer von euch kriegt den ersten Elektroschock?« Der Junge wollte nach einem schwarzen Ding auf dem Nachttisch greifen.

»Auf ihn«, hörte Santa Schnurr ausgerechnet Lahmpfote. Wie auf Kommando sprang Piepsstimme hoch und krallte sich im Nacken des Jungen fest. Er wollte sie abschütteln, doch Einauge biss ihn in den Hintern, während Lahmpfote sich um seine Beine schlängelte. Der Junge schrie auf.

»ICH BRING EUCH UM.«

»Befrei Mimsey«, hörte Santa Schnurr Piepsstimme. Er hechtete zum Käfig. Kaum war Mimsey aus ihrem Gefängnis, klammerte sie sich zitternd an Santa Schnurrs Umhang. Er lief zur Tür, die in diesem Moment geöffnet wurde. Ein Mann und eine Frau standen davor. Die Eltern. Der Junge war mittlerweile zu Boden gegangen. Piepsstimme drückte ihm ihr Hinterteil auf die Nase, Einauge hatte seinen Biss etwas weiter nach vorn verlegt, und Lahmpfote knabberte an den Zehen des Jungen, der verzweifelt versuchte, das schwarze Ding am Nachttisch zu ergattern.

»GABRIEL, UM HIMMELS WILLEN. WAS SOLL DAS?«

Sofort ließen Lahmpfote, Einauge und Piepsstimme von dem Jungen ab. Er hastete hoch, fasste nach dem schwarzen Ding, doch die Frau nahm es ihm aus der Hand.

»GIB MIR SOFORT DEN ELEKTROSCHOCKER ZURÜCK«, brüllte das Kind.

»Was ist hier los, Gabriel?«, fragte der Mann. »Woher hast du einen Elektroschocker und was machst du damit? Wessen Tiere sind das überhaupt?«

»MEINE, DAS SIND MEINE«, kreischte der Junge und wollte auf sie zustürzen, doch die Frau hielt ihn zurück.

»WEG HIER«, befahl Santa Schnurr. Und die fünf verschwanden hinaus in die winterliche Nacht, während das

Kreischen des Jungen und die aufgeregten Stimmen der Eltern verklangen.

Emily saß in ihrem Nachthemd unter dem Weihnachtsbaum, und dicke Tränen kullerten über ihre Wangen.

Santa Schnurr, Einauge, Lahmpfote und Piepsstimme sahen durchs Fenster zu, wie Mimsey ins Zimmer schlich. Als das Mädchen die kleine Katze erblickte und sie so freudig in die Arme schloss, hörte Santa Schnurr neben sich ein leises Schluchzen. Es kam von Lahmpfote.

»Bei so was muss man doch gerührt sein«, brummte er, als er Santa Schnurrs Blick bemerkte.

»Und was machen wir jetzt?«, fragte Piepsstimme.

»Ich schätze, wir kehren ins Tierheim zurück, und Santa Schnurr muss wieder zum Nordpol«, sagte Einauge mit belegter Stimme.

»Danke. Das war das beste Weihnachten, das ich jemals hatte«, brummte Lahmpfote zum Abschied.

»Meines auch«, fiepte Piepsstimme.

»Ebenso«, nickte Einauge.

Sie verabschiedeten sich, und Santa Schnurr sah ihnen nach, wie sie den Rückweg antraten.

»Moment«, rief er. »Ihr habt nicht vielleicht Lust auf einen Job am Nordpol?«

»Was meinst du?«, fragte Piepsstimme.

»Na ja. Ich habe mir gedacht, wir könnten einen neuen Geschenkzweig eröffnen. Wird ja nicht jeder ein kleines Kätzchen wollen – wir sollten in Zukunft für alle Katzen ein gutes Zuhause finden. Ihr wisst schon, Angebot und Nachfrage …«

»Du meinst, nach so etwas wie uns gibt es Nachfrage?«, fragte Einauge.

»Noch nicht. Aber was nicht ist, kann ja noch werden. Also seid ihr dabei?«

Eine Stunde später saß Santa Schnurr vor seinem Fernseher, die Pfoten hochgelegt, mit einem Glas Glühmilch in der Hand. Was für ein verrückter Abend das doch war, dachte er und schnurrte.

»Wer spielte in Alfred Hitchcats ›Das Fenster zum Hof‹ die männliche Hauptrolle?«, fragte der Moderator von »Wer wird Mausionär?«. »A) Johnny Miaumuller, B) James Schnurrwart, C) Carry Miaurant oder D) Miez Gable?«

»A«, rief Lahmpfote aufgeregt und verschüttete etwas von seiner Glühmilch.

»C«, entgegnete Einauge kopfschüttelnd.

»Es ist D«, fiepste Piepsstimme und streckte die Pfoten hoch.

»B«, schnurrte Santa Schnurr leise in seine Glühmilch. Die drei hatten recht gehabt. Das war das beste Weihnachten, das er jemals hatte.

ELLEN DUNNE
12 Tage Christmas

Tag 1

Endlich öffnet sich die große Katzenklappe ins Wohnzimmer. Zuallererst sehe ich die Box. Golden glänzend und mit geringelten Silberbändchen verziert, steht sie unter dem Baum. Dort stehen auch bunte Tragetaschen und Pakete, die sich über die letzten zwei Wochen angesammelt haben. Alle habe ich schon inspiziert. Aber diese Box ist neu, und ich habe nur noch Augen für sie. Sie ist perfekt. Die richtige Größe, die richtige Breite. Eine Reihe runder Löcher, gerade groß genug, um eine Pfote reinzustecken und nach dem Inhalt zu angeln.

»Was meinst du, Minnie? Sieh dir dein Geschenk an.« Meine Hauptmenschin und mein Ersatzmensch schauen auf mich herunter und strahlen. Wollen gelobt werden. So sind die zwei, bedürftig wie Hunde. Also tue ich ihnen den Gefallen. Schenke ihnen ein Blinzeln und nähere mich der Box. Langsam, langsam. Übertriebenes Interesse macht meine Menschen nur übermütig.

Auf dem halben Weg werde ich noch langsamer. Ein eigentümlicher Geruch steigt mir in die Nase. Ein bisschen nach Toilette, ein bisschen nach Erde, und dann noch … was ist das nur …?

Noch zwei Katzenlängen. Der eigentümliche Geruch wird stärker. Scheint sogar von der Box auszugehen, wenn ich mich nicht täusche. Strömt aus den Löchern, hinter denen nichts zu sehen ist, außer unwiderstehliche Dunkelheit.

Noch näher. Jetzt stinkt es fast ein bisschen. Irgendwie nach Fledermaus. Besser, ich reibe mich mal an …

»Hallo?«, sagt die Box.

Ich zucke zurück, luge in eines der Löcher. Nichts. Noch ein Schritt näher. Da taucht ein Auge auf. Gelb, lidlos.

»Hallo«, sagt die Box noch einmal. »Hallo, wo bin ich denn hier?«

Ich zucke zurück. Schon schießt eine Pfote aus dem Loch hervor, schwarz, mit weißen Socken und – natürlich – stinkig. Der Pesthauch von fremder Katze! Ich ducke mich, fauche und suche Schutz in den Armen meiner Hauptmenschin. Wenigstens da riecht es noch, wie es soll.

Gemeinsam starren wir auf die Box, die ruckt und zuckt wie vom Teufel besessen, während noch immer diese Tatze nach mir angelt, und der wie immer ahnungslose Ersatzmensch lacht, als wäre etwas ganz Großartiges passiert.

»Ist gar nicht schlecht gelaufen fürs erste Mal«, sagt er zu meiner Hauptmenschin. »Oder was meinst du, Ali?«

Tag 2

Christmas. So nennen sie den kleinen Eindringling. Wie ist er in unser Haus gekommen, wie in *meine* Box? Keiner kann mir das erklären. Fest steht nur – er scheint meine Menschen verhext zu haben. Die Hellsten waren sie ja noch nie. Aber trotz meiner Warnungen, die Box nicht nur anzufassen, sondern sogar hochzuheben und den Finger in eines der Löcher zu stecken? Zu so einem Blödsinn ist nur Gary, der Ersatzmensch fähig. Natürlich hat er gleich einen Kratzer von Christmas abbekommen, aber selbst darüber lachte er nur und machte seltsame hohe Laute, die er bei mir schon lange nicht mehr gemacht hat. Zu allem Überfluss hat er den kleinen Teufel aus der Box geholt.

Rabenschwarz ist er, bis auf die eine weiße, halb angezogene Socke an der rechten Pfote und ein weißes Fellbüschel wie ein Tropfen Milch auf der Brust. Er ist viel kleiner als gedacht. Fast noch ein Baby. Der Ersatzmensch könnte ihn mit einer einzigen seiner Pranken halten. Wenn er denn stillhalten würde. Stattdessen rudert er mit allen Pfoten und dem Schwanz so lange, bis man ihn absetzt. So wie gestern, gleich nachdem Gary dieses unerwünschte Lebendgeschenk ausgepackt hat. Was als Nächstes passierte, kann man sich ja denken. Christmas flüchtete unter den Baum, kam irgendwo auf halber Höhe wieder zum Vorschein und biss in die Schwanzfeder des erstbesten erstarrten Vogels, der dasaß. Dann begann er, nach den glitzernden Bällen zu tatzen, die – so wie der Vogel – das restliche Jahr immer auf Seidenpapier gebettet verbringen. *Bap*, *bap*, schon begann einer der Bälle zu schwingen. Ali und Gary starrten nur wie hypnotisiert auf den Baum.

Jemand musste etwas unternehmen. Also ich hinterher, um Christmas runterzuholen. Mag sein, dass ein paar von den Glitzerbällen den Halt verloren haben, und irgendwie verhedderte sich meine linke Hinterpfote in einer der silbernen Girlanden. Und weil dieser kleine Feigling noch weiter nach oben kletterte und von da auf mich herunterspringen wollte, verpasste ich ihm für diese Frechheit eine, und prompt ging einer der Vögel zu Boden und explodierte.

Zumindest das löste meine Menschen aus ihrer Schockstarre. Sie pflückten dieses Früchtchen aus dem Baum, schimpften mich aber ordentlich aus. Das hat man von seiner Hilfsbereitschaft. Zum Glück ist Christmas seitdem aus dem Wohnzimmer verbannt und schmort da, wo er hingehört: in der Hölle der fensterlosen Menschentoilette im Erdgeschoss. Und ich hoffe, da kommt er nie wieder raus.

Tag 3

Die gute Nachricht zuerst: Christmas ist noch immer hinter Schloss und Riegel. Bei meinem nächtlichen Rundgang durchs Haus habe ich das streng überprüft. Kaum schnupperte ich am Schlitz unter der Tür entlang, hatte ich ihn sofort in der Nase. Den Geruch von Fledermaushöhle. Ekelhaft.

Und schon kommen wir zur schlechten Nachricht: Christmas ist nicht allein in seinem Verlies.

Wie immer knickte der Ersatzmensch ein. Anfangs dachte ich noch, er muss wegen des vielen gefüllten Truthahns so oft von der Couch aufstehen und nach draußen. Als Gary sich aber dann mein Lieblingsspielzeug schnappte und damit verschwand, wurde mir klar – etwas stimmt nicht. Und richtig! Ich überraschte ihn dabei, wie er mit meinem Federstab, *meinem* Lieblingsspielzeug unter der Tür rumstocherte! Natürlich wollte ich mir das zurückholen. Schon quietschte Ali ganz begeistert. Noch lauter, als kleine Tatzen durch den Spalt nach meinem Spielzeug angelten, und dann nach mir.

Wie süß, sie spielen schon gemeinsam, flötete meine Menschin und schaute beunruhigend glücklich aus. *Siehst du, Minnie? Du und Chris, ihr werdet schon Freunde!*

Ich konnte es nicht fassen. *Chris*? Er hat schon einen Kosenamen? Dann bin ich verloren. Ich kenne meine Menschen. Kommen erst mal die Abkürzungen und Spitznamen ins Spiel, kriegen wir die kleine Laus nicht mehr aus dem Pelz. Früher einmal, ganz am Anfang, da hieß ich Minerva. Ein guter, ein würdiger Name. Nicht Minnie, Mausi, Möppi, Diva oder Stinki. Entwürdigend, so was. Aber der Preis für einen angemessenen Lebensstandard und die Zuneigung meiner Menschen. Der Gedanke, dass Christmas ein ähnliches Schicksal voll lächerlicher Namen blühen könnte, ist derzeit mein einziger Trost. So wie die Hoffnung, dass er sich irgendwie, vielleicht durch ein Wunder, doch noch in Luft auflösen wird.

Tag 4

Christmas hat sich nicht in Luft aufgelöst. Im Gegenteil. Gleich am Morgen hat mir Ali ohne Vorwarnung einen Socken unter die Nase gerieben, der fledermausartig roch. Mein Fauchen daraufhin nahm Ali zwar persönlich, aber nicht besonders ernst. Vorhin haben sie den kleinen Stinker sogar aus seinem Verlies gelassen. Sie wollen ihn den anderen beiden Menschen präsentieren, die hin und wieder bei uns vorbeikommen. Eigentlich mag ich die beiden Besuchsmenschen. Sie behandeln mich stets aufmerksam, und sie haben jedes Mal eine Leckerei dabei. Den Besuchsmenschen mag ich fast am liebsten. Zwar winkt er mir meist nur schüchtern von Ferne zu, aber wenn ich als höfliche Gastgeberin zu ihm gehe und um seine Beine streiche, kriegt er immer gleich rote Augen und weint, bis ihm die Nase läuft. So viel Bewunderung schmeichelt mir, das gebe ich zu.

Heute hingegen haben sie nur Augen für den kleinen Engel Chris. Alle vier stehen sie um ihn herum und gackern wie Hühner um einen besonders fetten Wurm, während das kleine Biest sich vor ihnen auf dem Boden rollt und anbiedert. Und von wegen klein. Ich schwöre, der ist in diesen zwei Tagen um mehrere Zentimeter gewachsen. Ein neues Spielzeug haben sie ihm auch mitgebracht. Es duftet verführerisch, bis hierher zu meinem Platz. Aber ich bleibe standhaft. Bleibe auf meiner Aussichtsplattform vor dem Fenster und zeige dem lächerlichen Getue die kalte Schulter, egal, wie sie mich locken und rufen. Als die Besuchsmenschin schließlich doch noch mit einer ihrer kleinen Bestechungen zu mir kommt, sage ich ihr deutlich, was ich davon halte. So schnell lasse ich mich nicht kaufen.

Am liebsten würde ich mich vor dem ganzen Zirkus nach draußen flüchten. Das Problem nur: Draußen ist es seit gestern nass und kalt und stürmisch. Das ist schlecht für den Pelz. Also harre ich im Chaos aus. Versuche, mich nicht zu fragen, ob nun der gefürchtete Tag gekommen ist. Der Tag, an dem ich ersetzt werde.

Tag 5

Vorhin habe ich schlecht geträumt. Von einer weiteren Box unter der Tanne im Wohnzimmer. Als ich durch das Guckloch spähte, blickte mir nicht Christmas entgegen, sondern das sumpfgrüne Auge des Nachbarskaters, den wir alle nur als Robbie, den Rowdy kennen. Er setzte gerade zum Sprung an, als ich aufwachte. Ich war erleichtert, weil ich immer noch in meiner Hängematte am Fenster liege. Aber leider nicht allein. Direkt vor meiner Nase ein kleiner Strauß von rosa-schwarz gesprenkelten Zehen. Sie riechen verdächtig nach Nagetier. Alles hier riecht verdächtig nach Nagetier! Und da liegt er, der kleine Stinker. Direkt auf mir. Bin ich eine Hängematte, oder was?

»Oh, hallo«, sagt er, als ich mich bewege, und »Juhuu!«, als ich aufstehe und er ins Rutschen kommt und direkt in der Kuhle vor meinen Pfoten landet.

Mein warnendes Fauchen scheint er nicht zu hören. Zu abgelenkt, weil er gerade seinen eigenen Rattenschwanz anstarrt, als sähe er ihn zum ersten Mal. Dann umklammert er ihn mit beiden Pfoten und beißt hinein, beginnt, ihn mit den Hinterpfoten zu treten. Zugegeben, irgendwie süß. Aber vor allem eine Frechheit.

Bis meine Menschen aufgeregt angelaufen kommen, um ihre kleinen schwarzen Dinger auf uns zu richten, habe ich mich längst auf das Fensterbrett gerettet und versuche, mich so gut wie möglich vom Christmas-Geruch zu befreien, der an mir haftet. Genauso wie an meiner Menschin. Es ist nun offiziell: Christmas ist überall.

Tag 6

Heute endlich ein Lichtblick – die Sonne! Sie ist wieder da. Irgendwann nach meinem Vormittagsschlaf passiert es. Zunächst ist es nur ein zaghaftes Blinzeln über die Mauer und durch die kahlen Zweige des Baumes im Garten nebenan. Dann wird es heller. Ich zwinkere ihr zu, genieße ihren kurzen Auftritt. Einen Augenblick der Ruhe. Die Tür zum Schlafplatz der Menschen ist zu. Kein Christmas, der mich verfolgt, mir das Essen stiehlt, mir nach der Toilette auflauert, sich in meinem penibel gepflegten Schwanz verbeißt. Dafür hat er vorhin eine der glitzernden Schlangen von der Tanne gezogen, sich darin verstrickt und ist mitten im Befreiungsversuch eingeschlafen. Ich würde ihn ja bei meinen Menschen verpetzen, aber die wären ohnehin nur wieder entzückt, wie über jede seiner Dummheiten. Waren sie bei mir auch, als ich noch ein junges Kätzchen war.

Zeit für die Mittagsrunde. Ich gähne und strecke und putze mich. Mache mich auf den Weg in die Küche, schleiche mich vorsichtig am schlafenden – o nein!

»Hallo, guten Morgen!«

Zwei weit aufgerissene gelbe Augen. Gespitzte, übergroße Fledermausohren. Wie konnte denn das passieren?

»Bist du auch schon wach?« Er windet sich, rappelt sich auf, lauft mir nach. Die Girlande um seinen Bauch folgt ihm wie eine Schlange. »Willst du spielen?«

»Nein.«

»Warum nicht?«

»Weil du nach Fledermaus stinkst.«

»Und du stinkst nach Klo!«

Ist das zu fassen? Die Kätzchen von heute.

»Werd bloß nicht frech.« Ich lange mit der Pfote nach ihm, lege einen Zahn zu. Nur weg hier. Er flitzt an mir vorbei, stellt sich vor mich – eine schwarze Ratte mit silbernem Gürtel.

»Spiel doch mit mir.«

»Nein.«

»Warum nicht? Das macht Spaaaa–« Er stolpert über seine Girlande, überschlägt sich und schüttelt verwirrt den Kopf, ist aber gleich wieder auf den Beinen. Ich nütze meinen Vorsprung. Es reicht mir jetzt. Zum Glück gibt es die Katzentür.

»Wohin gehst du?«

»Nach draußen!«

»Warte, ich komm mit!«

»Kommst du nicht.«

»Doch!« Er spurtet los, die Girlande im Schlepptau.

»Nein.«

»Doch!«

Ich höre nur noch ein dumpfes *Plopp*, als mein Verfolger an der Katzentür abprallt. Die öffnet sich nämlich nur für mich. Diese Erfahrung musste auch Robbie, der Rowdy schon machen. Oft genug bin ich ihm so entwischt. Und jetzt dieser kleinen Klette. Als ich mich kurz umdrehe, sehe ich eine traurige schwarze Silhouette vor der verschlossenen Katzentür sitzen, beide Pfoten auf die unnachgiebige Tür gestützt. Ha! Ich triumphiere.

Bis plötzlich etwas Kaltes, Nasses auf meine Nase tropft. Noch einmal. Ich blicke in den Himmel. Wohin ist die Sonne verschwunden? Wieder ein Tropfen, und noch einer, und noch einer. Was zum Straßenköter …? Es regnet. Und jetzt ist auch der Wind zurück!

Schnell rette ich mich auf die Mülltonnen unter dem kleinen Dach. Über mir trommelt höhnisch der Schauer. Und da drüben sitzt diese Nervensäge hinter der Katzentür in seinem warmen, trockenen Gefängnis. Schaut zu mir herüber. Ich glaube fast, er blinzelt mir zu.

Tag 7

Katzenkinder sind nicht nachtragend. Leider. So ging heute Morgen der ganze Zirkus wieder von vorn los. Chris hing an meinen Pfoten, angelte nach meinem Schwanz, hatte beim Essen die Vorderpfoten im Napf und drängte sich dann noch in meinen – während ich aß! Nicht einmal auf der Toilette war ich sicher. Kaum trat ich nach dem Frühstück aus dem Kistchen, traf mich der schwarze Blitz aus dem Hinterhalt und versuchte, mich zu Boden zu ringen. Natürlich habe ich den kleinen Rowdy am Nacken gebeutelt, wie sich das gehört, prompt fing er an zu heulen, und natürlich haben meine Menschen seine Partei ergriffen. Von wegen, noch ein Baby und so. Eine Frechheit. Ich habe Banoffie damals, Bastet hab sie selig, bei weitem mehr Respekt gezollt. Zwischen uns, das war ganz anders, das war einfach … unwiederbringlich.

Meinen Menschen habe ich jedenfalls Bescheid gegeben, was ich von ihrem Verrat halte – mit einer eindeutigen Botschaft am Teppich.

Wie sie darauf reagiert haben? Habe ich nicht mehr mitbekommen. Als sie angelaufen kamen, war ich schon weg. Zum Glück ist das Wetter heute schöner. Ich kann also problemlos eine Weile hier draußen bleiben. So lange, bis sie sich wieder beruhigt haben. Oder vielleicht auch länger. Vielleicht komme ich auch nie wieder und suche mir etwas Besseres in der Nachbarschaft? So behandelt zu werden habe ich nicht nötig, ich bin überall gern gesehen. Sollen sie doch glücklich werden mit ihrem neuen Liebling.

Tag 8

Na gut. Ich habe mich entschieden, Gnade vor Recht ergehen zu lassen und vorerst zu bleiben. Mein erster Recherchespaziergang durch die Gärten und Hinterhöfe der Nachbarschaft war – gelinde gesagt – ernüchternd. Die beiden freundlichen Menschen gegenüber waren nicht da, und da fiel mir ein, wie oft die eigentlich nicht zu Hause sind. Die alte Menschin ein paar Mauern weiter ist zwar immer in ihrem Haus und stellt mir eine Schüssel mit Leckereien hin. In bester Absicht, aber leider lässt ihr Geschmack zu wünschen übrig. Unlängst war sogar billigstes Trockenfutter aus dem Supermarkt dabei. Von dem kriege ich Bauchschmerzen. Lieber nicht. Die Menschenkolonie am Ende der Straße? Die haben drei Junge, die machen einen Höllenlärm, dagegen ist sogar Chris eine Erholung. Heute vor allem, da knallte und rauchte es überall in dem Garten, und sie zündeten irgendwelchen Tieren die Schwänze an, dann stiegen diese feuerspeiend in die Luft und explodierten. Fürchterlich! Ich habe schnellstens das Weite gesucht.

Heute habe ich es im Garten des Menschenpaares drei Straßen weiter probiert, und schon erwartete mich die nächste Enttäuschung: Bis vor wenigen Tagen waren sie die bevorzugte Zwischenstation auf meinen Rundgängen; sie öffneten mir stets ihre Menschenklappe und hatten immer ein paar Stück gekochtes Huhn für mich. Und jetzt? Sind Hunde in ihren Garten gezogen! Klein, laut und so haarig, dass man nicht weiß, wo vorn ist und wo hinten. Nichts, womit ich nicht spielend fertig würde, aber fest steht trotzdem: Auch hier wurde ich verraten. Das muss ich erst mal verdauen.

Vielleicht muss ich mich nach weiteren Alternativen umsehen. Im Frühling. Der Winter ist ohnehin zu kalt und stürmisch für längere Erkundungstouren. Und immer wieder der lästige Regen. Auf unserer grünen Insel ist der Regen ja meistens überall, schwebt in der Luft wie ein Schwarm Mücken, hüllt einen ein, und erst wenn man zu Hause ankommt, bemerkt man, dass man nass bis auf die Haut ist. Ali und Gary rubbeln mich dann immer trocken, vor allem hinten an meiner Lieblingsstelle am Rücken, gleich da, wo mein Schwanz beginnt. Auf diesen Service würde ich ungern verzichten. Das heißt aber nicht, dass ich ihnen Chris verzeihe. Auch wenn er inzwischen nicht mehr ganz so streng nach Fledermaus riecht. Bilde ich mir zumindest ein. Mal sehen. Was Neues suchen kann ich mir auch morgen noch.

Tag 9

Na, wer sagt's denn? Abwarten muss man können. Heute haben sich alle meine Probleme mit einem Schlag gelöst. Dabei war ich nur noch ein Schnurrhaar breit davon entfernt, mich mit dem Tollpatsch zu arrangieren.

Es begann bei meiner üblichen Morgenrunde. Da hatte ich so eine Art Erweckungserlebnis. Ausgerechnet im Garten! Schuld an allem waren mal wieder meine Menschen. Schon wieder haben sie Unbekannte reingelassen. Das kommt immer wieder vor. Irgendwelche Menschen, meistens Kater, kommen in ihrer widerlich stinkenden und brummenden Metallbox und bringen unser Haus in Unordnung. Selten bedeutet es Gutes. Manchmal tragen sie etwas Gewohntes hinaus, oder sie bringen etwas Ungewohntes und lassen es einfach bei uns. Manchmal lärmen sie stundenlang durchs Haus, manchmal sogar den ganzen Tag. An solchen Tagen ist man besser nicht da.

Ich saß also auf der Mauer zum Nachbargarten, beobachtete die Meisen, Stieglitze und Amseln, die sich an einem Futterspender herumtrieben. Genauso, wie Banoffi es immer getan hat. So wie ich war sie eine leidenschaftliche Vogelbeobachterin. Und plötzlich, ich gebe es zu, wurde mir ein wenig nostalgisch zumute. Auch wenn ich gern im Hier und Jetzt lebe – Banoffi werde ich nie und nimmer vergessen. Sie hatte den samtigsten dunkelgraublaustichigen Pelz, Augen wie aus Bernstein, und ihr Atem duftete herrlich nach Fisch. Banoffi war es auch, die mich mit offenen Pfoten aufgenommen hat, damals, als ich es brauchte.

Ich erinnere mich noch genau. Ein Hund hatte uns attackiert, und ich hatte den Anschluss an Mama verloren. Überall suchte ich nach ihr. Vergeblich. Ich war völlig durchnässt und so schrecklich hungrig. Zum Glück liefen mir meine Menschen über den Weg, steckten mich unter Alis warmen Pullover, gleich über ihrem Herzschlag, und nahmen mich mit nach Hause.

»Wie siehst du denn aus, Kind?«, gurrte Banoffi bloß, als sie mich vor ihr absetzten, und begann, mich trocken zu lecken.

Schon waren wir unzertrennlich. Banoffi war meine große Schwester, sie hat mir alles beigebracht, was man wissen muss. Sie kannte die besten Verstecke im Haus, zeigte mir die Schublade mit der Unterwäsche und den Socken, denn ich liebte es, mich von oben bis unten in Alis Duft zu aalen.

Ist das nun rührseliges Schnurren einer Katze im besten Alter? Vielleicht. Aber es war auch der wichtigste und schönste Tag in meinem Leben. Vielleicht war es Zeit, in Banoffis Pfotenspuren zu treten und Größe zu beweisen.

So sinnierte ich auf meinem Platz auf der Mauer. Gegen Sonnenuntergang, die Vögel hatten sich schon zu ihren Schlafplätzen begeben, schließlich der Entschluss: Vielleicht sollte ich über meinen Schatten springen und einen Schritt auf den kleinen Chris zu machen. Er hat noch so viel zu lernen, warum nicht von mir?

Von diesem Gedanken beflügelt, machte ich mich auf den Weg nach drinnen. Steckte meinen Kopf durch die Katzenklappe in die Küche.

Wie erhofft, waren die lärmigen Menschenkater inzwischen verschwunden. Alles schien noch an seinem Platz.

Auch mein Dinner stand bereit. Etwas war trotzdem anders.

Es roch besser im Haus als die letzten Tage über. Eigentlich sehr erfreulich, andererseits …

Da stürzte Ali zur Küche herein. Ihre Augen waren rot, ihr Atem war hektisch, ihre Stimme klang verschnupft. Sie war erleichtert, mich zu sehen. Aber auch enttäuscht. Sie hob mich hoch, quetschte mich an sich. Aua! Luft!

Erst als mein Protest lauter wurde, setzte sie mich ab. Während ich aß, liefen sie und Gary treppauf und treppab, gaben Lockrufe von sich. Chris! Chrissilein!

Da wurde mir plötzlich klar, was sich verändert hatte. Der Fledermaus-Gestank hatte sich in Luft aufgelöst. Und Christmas auch.

Tag 10

Also, ich habe mir das folgendermaßen zusammengereimt: Diese Menschenkater waren schuld. Die trampeln ja nicht nur im Haus herum und verändern Dinge, die keinerlei Veränderung notwendig haben, nein! Immer wieder gehen sie zurück zu ihren Metallboxen, um dort zu essen oder um irgendetwas zu holen. Dabei müssen sie die große Menschenklappe offen gelassen haben. Das tun sie oft, und mehr als einmal habe ich die Gelegenheit genutzt, mich hinauszustehlen. Wahrscheinlich hat Christmas das getan, was jedes Kätzchen tun würde: seiner Nase folgen. Den Gerüchen, den Geräuschen, der ganzen verlockenden Draußenwelt. Und dann darin verloren gehen.

Ich muss es wissen, ich habe es ja selbst erlebt. Jetzt also Chris. Wie tragisch.

Andererseits … Was für eine himmlische Ruhe im Haus seit gestern Abend! Meine Menschen kredenzten mir viel gekochtes Huhn und sogar ein paar Löffel voll geschlagener Sahne, kuschelten sich auf der Couch noch enger an mich. Das Chaos der letzten Tage nur noch eine ferne Erinnerung.

Es könnte so schön sein. Wie früher. Aber es ist weder schön, noch ist es wie früher.

Ali springt auch heute noch ständig auf. Läuft zum Fenster. Prüft immer wieder die Hauptkatzenklappe in der Hoffnung, dass Chris davorsteht. Doch statt des kleinen Katers weht immer nur kalte, feuchte Winterluft ins Haus.

Vorhin haben mich meine Menschen wieder stundenlang allein auf der Couch zurückgelassen und waren mit einer Dose Leckereien bewaffnet unterwegs. Nun sind sie wieder hier, aber mit leeren Pfoten. Und das Schlimmste: Ali weint ununterbrochen. Weint so laut wie damals um Banoffi.

Tag 11

Auch letzte Nacht kam Chris nicht nach Hause. Meine Menschen schliefen nicht gut, wälzten sich in ihrem Bett herum, tigerten im Haus auf und ab. An einen ruhigen Schlummer war auch für mich nicht zu denken.

Heute Morgen dann zumindest ein wenig Normalität. Gary verließ wie an den meisten Tagen morgens das Haus, um auf Futtersuche zu gehen. Ali blieb in ihrer Höhle, wo sie fast jeden Tag stundenlang an einem Tisch sitzt und in eine Art Fenster starrt, bis ich sie daran erinnere, Pause zu machen. Mysteriös. Alis Höhle ist eigentlich ein schöner Ort, um ihr Gesellschaft zu leisten. Aber nicht heute. Sie scheint rastlos und niedergeschlagen. Wischt sich immer wieder mit dem Ärmel über die Augen und Nase und schnieft. Geht nach draußen. Von weitem höre ich sie nach Chris rufen und die Leckereien in der Dose rasseln.

Es ist schwer, sie so traurig zu sehen. Um nicht zu sagen, unerträglich. Sie ist schließlich meine Menschenmama. Sie hat mich gerettet. Ich verdanke ihr meine Thunfischsnacks, mein weiches Bett und mein seidiges Fell und die gut geputzten Zähne; sie beschützt mich, wenn Robbie, der Rowdy mich bis in unseren Garten verfolgt.

Wenn Chris ihr so viel bedeutet, ist es meine Pflicht, nach ihm Ausschau zu halten. Also ziehe ich los.

Es ist kalt geworden über Nacht, und unter meinen Pfoten knistert der Frost. Alles scheint erstarrt, die Pfützen, die Grashalme, die Luft, sogar die Vögel. Ich habe ohnehin keine Zeit für sie. Ich befinde mich auf einer Mission.

Bring back Christmas!

Aber der scheint wie vom Erdboden verschluckt. Keine meiner üblichen Quellen hat ihn gesehen. Weder meine Kontakte in der Streunerszene noch die Eichhörnchen. Die zucken nur ratlos mit den Schwänzen und hüpfen davon. Ob Chris mit den unbekannten Menschen in ihrer Metallbox verschwunden ist? Aber auch das will niemand beobachtet haben. Nicht einmal die Möwen und die Elstern, die sonst immer alles von den Dächern krächzen. Ich hinterlasse meine Duftmarke an so vielen Bäumen wie möglich.

Schnuppere in die winterliche Luft mit einer Prise Meer darin, erklimme efeuumrankte Mauern, krieche unter entlaubte Fuchsiensträucher und verdorrte Hortensien. Spähe in alle erreichbaren Fenster der Menschenhöhlen. Entdecke nirgendwo ein schwarzes Kätzchen mit weißem Fellbüschel auf der Brust. Die Schatten der Bäume werden länger. Langsam wird mir kalt. Mein Magen knurrt. Mein Dinner ist längst überfällig. Ein kleiner Mäusesnack entwischt mir um eine Krallenlänge. Und so richtig klar, wo ich bin, ist mir auch nicht mehr. Besser, ich mache mich … da … ich höre etwas. Rieche was. Ein leichtes Fledermausaroma, gleich über mir in einer Birke. Und noch ein anderer Geruch, der mir bekannt vorkommt. Meine Nackenhaare sträuben sich. Tatsächlich. Da oben hockt Chris, ziemlich nah am Ende eines Astes. Über dem Abgrund.

Und am anderen Ende, nahe der Astgabel, sitzt er: braun getigert, massiver Kopf, erster Bauchansatz. Robbie, der Rowdy. Unbesiegbar und entschlossen, jedem vermeintlichen Rivalen die Krallen zu stutzen. Robbie ist der Platzhirsch der Nachbarschaft. Er duldet weder Katze noch Kater, egal wie klein und ahnungslos. Robbie, der Rowdy versperrt Chris den Rückweg. Währenddessen biegt sich der Ast unter Chris' Fliegengewicht weiter und weiter. Lange wird sich der Kleine nicht mehr halten können.

Ich muss etwas tun. Ach was, Chris muss etwas tun: Springen!

Aber Chris hört mich nicht. Wie gelähmt ist er von Robbies Anblick, sein Fell gesträubt. Aber Robbie hört mich. Und natürlich erkennt er seine Erzfeindin wieder. Er ist mit allen verfeindet, die vier Beine haben.

Dann passiert alles gleichzeitig.

Ich fauche, und Robbie faucht, ich fauche und buckle, und er buckelt und grollt, und Christmas rutscht vor Schreck ab und plumpst ins Gras.

Ein paar Sprünge entfernt von mir, und nur ein paar Meter entfernt von dem Rowdy, aber Robbie ist noch auf dem Baum, und so bin ich schneller und packe Christmas im Nacken, nehme ihn zwischen die Zähne, obwohl er dafür eigentlich schon zu groß ist. Aber woher hätte ich das wissen sollen? Ich war doch noch nie Mutter. Er ist ziemlich schwer, aber er hält ganz still und lässt sich tragen. So schleppe ich ihn durchs Gras, einfach dem Instinkt nach, auf gut Glück, den zornigen, stoßweißen Atem von Robbie, dem Rowdy im Nacken.

Er kommt näher, und ich stolpere fast über Chris' Schwanz, der zwischen meinen Pfoten auf dem Boden schleift, doch ich laufe einfach weiter, bis zum Zaun der alten Nachbarin, und erst als wir darunter durch sind, bleibe ich stehen. Lausche nach Robbies Atem. Nichts.

Endlich kann ich Chris loslassen. Er schüttelt sich kurz, leckt sich flüchtig über die Pfoten. Ist er verletzt? Besonders verängstigt wirkt er nicht. Eher, als hätte er die Gefahren schon wieder vergessen.

»Das war so aufregend!« Schnurrend streicht er um meine Flanken. »Was machen wir jetzt noch?«

Dankbar reibt er sich an meinem Kinn, knallt mit seinem hohlen kleinen Schädel gegen meine Kinnlade. Ich möchte ihn ausfauchen, den kleinen Nichtsnutz. Denke aber an meine große Schwester Banoffi selig. Was würde sie tun? Und an meine Menschenmutter Ali und an Gary, den Ersatzmenschen. Wie glücklich die beiden sein werden, wenn sie Chris wieder im Arm halten. Wie viele Leckereien sie wohl zum Dank für mich springen lassen?

»Jetzt tust du gefälligst, was ich sage, Kleiner.« Ich versetze ihm einen Tatzenhieb. Aber ohne Krallen. »Höchste Zeit fürs Abendessen.«

Tag 12

Ein schrecklicher Albtraum lässt mich auffahren. Im Baum meiner Menschen hing ein seltsames Spielzeug zwischen den Lichtern und Girlanden. Ich tippte mit der Pfote eines von ihnen an, da erwachte das Spielzeug mit fellsträubendem Geflatter zum Leben. Eine Fledermaus, Bastet, steh mir bei, und auch die anderen Spielzeuge entfalteten jetzt ihre Flügel. Fledermäuse überall. Was für ein Horror!

Ich schlage die Augen auf. Direkt unter meiner Nase stecken Chris' Pfoten.

Der kleine Tunichtgut! Hat meine Bettschwere nach dem üppigen Festmahl aus Truthahnresten, das Ali und Gary springen hatten lassen, genutzt und sich schon wieder neben mich auf meinen Lieblingsplatz am Fenster gedrängt. Hier ist es selbst im Winter immer schön sonnig und warm. Es ist aber *mein* Platz, meiner allein! Und wie ist das möglich, dass Chris in nur zwei Tagen schon wieder gewachsen ist?

Ich schnaufe genervt. Denke an die gelassene Banoffi und lasse Gnade vor Recht ergehen. Was soll's. Chris ist eben noch klein und schon gar nicht der Cleverste. Aber er hat ansehnliche Pfoten. Seine Zehen mal rosa, mal schwarz. Ich lecke daran. Chris murrt schlaftrunken, zieht die Pfote zurück. Er ist kitzlig. Gut zu wissen.

Wenn ich ehrlich bin, rieche ich sie inzwischen ganz gern. Nur ein bisschen Fledermaus, der Rest kommt von mir und meinen Menschen. Ein echter Familiengeruch.

»Na, komm schon, Kleiner.« Kräftig kitzle ich ihm die Zehen, bis er mit einem leisen – ja, ich geb's zu –, ziemlich liebenswerten Quieken aufwacht. Verwirrt sieht er sich um.

»Wo bin ich denn hier?«, fragt er, so wie bei unserer ersten Begegnung.

»Daheim«, sage ich und wasche ihm erst einmal ordentlich den Kopf.

CAROLIN REBMANN
@LIAH_UND_LUNA
Heldinnen mit Handicap

Manche Tage beginnen ganz harmlos. Nichts deutet darauf hin, dass es ein Katzen-Heldinnen-Tag werden könnte. So war es auch am letzten Weihnachtsfest. Oder gab es vielleicht doch Anzeichen, die ich überhört hatte?

Alles fing mit einem gemütlichen Morgen an. Aus der Küche verbreitete sich Plätzchenduft in der Wohnung. Durch die leicht geöffnete Balkontür strich kalte Luft über mein Fell. Die Welt draußen war leise geworden, gedämpft vom Schnee. Luna, meine beste einäugige Katzenfreundin, hüpfte zu mir.

»Der Schnee sieht aus wie eine weiße Decke, die über allem liegt«, verkündete sie. Ich konnte ihn ohne Äuglein zwar nicht sehen, aber es schüttelte mich bei dem Gedanken, wie unangenehm kalt und nass er sich unter meinen Pfoten anfühlte. Ich spitzte die Ohren, als aus dem Garten das Knirschen leiser Schritte zu mir drang. Das war doch Felix, unser Nachbarskater. Ihm machte Schnee wirklich gar nichts aus.

Während die Plätzchen auf der Anrichte abkühlten, raschelte meine Zweibeinerin Caro mit Papier. Von meinem Kissen auf der Fensterbank aus entging mir einfach nichts: Sie packte wohl gerade die Geschenke ein; ich hörte das leise Surren der Lichterkette und natürlich das Miauen von

Luna. Ich lauschte ihren Luftsprüngen, als sie versuchte, das Geschenkband zu fangen. Wie immer unterstützte sie Caro tatkräftig.

Als sie fertig war, beugte Caro sich zu mir. Sie kraulte mein Köpfchen an der Stelle zwischen den Ohren, die ich ganz besonders liebte, und flüsterte mir leise zu: »Heute kommt das Christkitten, meine Zaubermaus.« Ich liebte diese ganz besondere Stimmung in der Weihnachtszeit, diese Mischung aus Vorfreude, Wärme und Liebe. Wer hätte gedacht, dass bald ein Abenteuer auf uns warten würde?

Ich hörte, wie Caro aufstand und das Geschenk am anderen Ende der Wohnung verstaute. Wie immer, wenn er sie sah, maunzte Felix von draußen. Caro öffnete sofort das Fenster, um ihn ausgiebig zu streicheln. Diese Zuneigung zu unserem Nachbarskater werde ich wohl nie verstehen. Luna beschreibt Felix als großen, stattlichen Kater. Für mich riecht er ein bisschen zu verwegen, und ich verstehe nicht, warum er ständig bei uns auftaucht.

Auf meinem Kissen drehte ich den beiden demonstrativ den Rücken zu, als Luna angeflitzt kam. Sie sprang auf die Fensterbank und stupste mich aufgeregt an.

»Hast du gehört? Caro sagt, dass das lustig klingelnde Päckchen, das wir gerade eingewickelt haben, besonders wichtig ist. Es ist unser Geschenk für Marie und Lilli.« Und schon war sie wieder weg. Bestimmt tapste sie Caro hinterher, die endlich den Kater verabschiedet hatte.

Marie und Lilli sind die Töchter von Caros bester Freundin. Ich mag die beiden sehr, vor allem ihr fröhliches Lachen und die gute Laune, die sie verbreiten, wenn sie bei uns sind. Ich streckte mich zufrieden und dachte an die vielen Male, die wir mit der Spielangel durch die Wohnung getobt waren. Bei dem Gedanken daran wirbelten meine Pfötchen instinktiv durch die Luft, als ich plötzlich von einem seltsamen Rascheln gestört wurde. Hatte sich Luna mal wieder im Geschenkpapier verfangen? Mit diesem Tollpatsch im Haus wurde es nie langweilig. Ständig geriet sie in irgendwelche misslichen Lagen, aus denen sie sich befreien musste. Manchmal musste auch Caro zu Hilfe eilen. Mit Luna hatte man immer Spaß.

Ich lauschte, aber alles blieb still. Also rollte ich mich zufrieden zusammen, um ein Nickerchen zu machen. Doch hektische Schritte im Flur ließen mich nicht zur Ruhe kommen. Irgendetwas stimmte hier nicht!

Caro lief eilig in der Wohnung auf und ab, durchsuchte Schubladen und murmelte »Aber ich war doch nur fünf Minuten weg« und »Wo kann es nur sein?«.

So ein plötzlicher Stimmungsumschwung sah ihr gar nicht ähnlich, und ich fing an, mir Sorgen zu machen. Luna kam zu mir und maunzte aufgelöst: »Stell dir nur vor, unser Geschenk für Marie und Lilli ist verschwunden!« Aus jeder Ecke unserer Wohnung war lautes Poltern zu hören.

Caro plumpste aufs Sofa. »Ich geb's auf!« Ich liebte sie wirklich sehr, und ihr tiefes Seufzen ließ mein kleines Herz schwer werden. Mit einem sicheren Sprung landete ich neben ihr und kletterte zu ihr auf den Schoß. Sie mochte es immer sehr gern, wenn ich mit meinen Pfötchen auf ihrem Bauch auf- und abtretelte. Ihre Hand strich über meinen Rücken, dann hob sie mich auf den Boden. »Du weißt wohl auch nicht, wo das Geschenk geblieben ist? Hm?« Wenn sie sich da mal nicht täuschte!

Es war immer wieder erstaunlich, wie viele Winkel und verborgene Plätzchen ich bei meinen Streifzügen durch unser Zuhause entdeckte. Auch wenn viele denken, ich sei als blindes Kätzchen eher schüchtern und zurückhaltend, liebe ich es, auf Erkundungstouren zu gehen und jede noch so kleine Ecke zu inspizieren. Ich würde sogar behaupten, dass niemand unser Zuhause so gut kennt wie ich.

Mir kam eine Idee: »Weißt du was, Luna? Wir nehmen das Ganze selbst in die Pfote!«

Kaum hatte Caro die Wohnung verlassen, um die letzten Zutaten für das Weihnachtsessen einzukaufen, begannen Luna und ich mit der Suche. Auf mein Näschen konnte ich mich schon immer verlassen.

»Fangt am besten unter dem Teppich im Wohnzimmer an!« Mit einem Zucken drehte ich mich zum Fenster und nahm den Geruch von Felix wahr. »Wenn du uns schon von draußen helfen möchtest, dann schau lieber, ob hinter den Gardinen etwas liegt«, entgegnete Luna schnaubend.

Im Flur roch ich diesen Duft von Vanille und Papier. Den kannte ich doch! Ich folgte ihm bis zur Speisekammer. Die Tür war einen kleinen Spalt offen. »Hier entlang«, maunzte ich.

Ich trat ein, dicht gefolgt von Luna. Zwischen Vorratsdosen und Einkaufstaschen ertasteten meine Schnurrhaare ein kleines Päckchen.

»Luna, hier ist etwas!«

Sofort kam sie näher und schaute sich meinen Fund genauer an.

»Das sind nur die Plätzchen für unsere Nachbarn«, meinte sie enttäuscht.

»Ihr seid ja tolle Spürkatzen«, schallte es durch die Wohnung.

Mit ein paar schnellen Sprüngen erreichte ich das Wohnzimmer. Noch bevor ich in Richtung Fenster fauchen konnte, schrie Felix aufgeregt: »Dort oben auf dem Schrank blitzt etwas Buntes!« Luna kam ebenfalls angerannt, und zwei Sprünge später hörte ich sie auf dem Schrank schnuppern. »Kannst du etwas erkennen?«, fragte ich ungeduldig.

Lunas Schritte näherten sich der Schrankkante, und Felix prustete: »Wo hast du denn diesen Rauschebart her?«

Noch während Luna ihr Fell vom Staub befreite, passierte es. Sie verlor das Gleichgewicht und rutschte mit einem erschrockenen Aufschrei vom Schrank. Ich hörte ein unsanftes Plumpsen, und schon flogen Bälle und Federn durch die Luft. »Alles in Ordnung?«, fragte ich besorgt.

Nach einem leisen Klingeln und Rascheln ertönte Lunas Stimme: »Zum Glück haben wir diesen riesigen, prall gefüllten Spielzeugkorb«, miaute sie leicht außer Atem. »Der war einfach perfekt für eine Notlandung.«

Felix konnte nicht mehr an sich halten, er warf sich auf den Rücken und rollte sich schadenfroh von links nach rechts, dabei schlugen seine Pfoten jedes Mal gegen die Fensterscheibe. Verärgert fuhr Luna ihn an: »Erst in die Irre führen und dann lustig machen. Du bist uns ja eine tolle Hilfe.«

»So kommen wir nicht weiter«, maunzte ich so leise, dass nur Luna es hören konnte. »Lenk du diesen Tunichtgut ab, und ich suche allein weiter.« Schon sprang sie auf die Fensterbank, und ich machte mich unbemerkt aus dem Staub.

Ein seltsamer, aber vertrauter Geruch führte mich ins Arbeitszimmer. Er schlängelte sich quer durch den Raum. Ich folgte ihm in die hintere Ecke. Als ich verstand, wo ich gerade zum Stehen kam, sträubte sich mein Fell. Der große unbezwingbare Berg! Ein Ungetüm aus Kisten und Kartons, die lose aufeinandergestapelt waren. Für Luna der reinste Spielplatz, für mich ein Grund für zitternde Beinchen.

Sosehr ich es liebte zu klettern, bekam ich sofort ein Grummeln im Bauch, wenn ich keinen festen Tritt unter den Pfoten hatte. Noch nie hatte ich es weiter als eine Pfötchenlänge auf den Berg geschafft. Ich tippte gegen den untersten Karton und hörte ein entferntes Klingeln. Das Geschenk für Marie und Lilli! Irgendwo da oben musste es sein.

Ich schnappte nach Luft. Ein kurzer Gedanke an die enttäuschten Gesichter der beiden Mädchen, wenn sie heute Abend kein Geschenk bekamen – schon bewegten sich meine Pfoten fast wie von alleine.

Der erste Schritt war noch leicht. Ich atmete tief ein und tastete mit weit ausgestrecktem Beinchen nach oben. War das ein kleiner Vorsprung? Mit einem kurzen Satz erreichte ich den Rand einer Kiste. Nur keine falsche Bewegung! Meine Schnurrhaare verrieten mir den nächsten Schritt. Als ich auf einem Karton zum Stehen kam, fing der Berg verdächtig an zu wanken. Da war es wieder, das Klingeln. Dieses Mal bedeutend näher.

Ein vorsichtiges Tasten, eine kleine Kopfbewegung – dann die Erkenntnis, dass ich keinen Schritt weiter gehen konnte. Ich war auf diesem Karton gefangen, konnte weder auf- noch abwärts. Ohne Augen, die mir verrieten, wo ich lande, war ein Sprung unmöglich. Der große, unbezwingbare Berg – wie konnte ich nur denken, dass ich es nach oben schaffe?

Ich senkte das Köpfchen und war zu keinem klaren Gedanken mehr fähig. »Die Hinterbeine«, erklang eine Stimme wie durch einen dichten Nebel. »Stell dich auf die Hinterbeine, du bist ganz nah am Geschenk.«

Ich war selten so froh gewesen, Lunas Stimme zu hören. Bestimmt hatte sie gespürt, dass ich Hilfe brauchte. Sie war einfach die Beste!

Sie lief am Fuß des Berges auf und ab, und ich folgte ihren Anweisungen, bis ich plötzlich neben meiner Wange etwas Weiches spürte. Ein lautes Klingeln im Ohr gab mir die Gewissheit, dass das Geschenk genau neben mir war. Vorsichtig nahm ich die Schleife zwischen die Zähne, drehte den Kopf und ließ das Geschenk nach unten fallen.

»Du hast es geschafft!« Lunas Freude war nicht zu überhören. Sie half mir mit geschickten Anweisungen den Berg hinunter. Ein letzter Sprung, und ich landete dicht neben ihr.

»Hey, das ist mein Geschenk«, fauchte es durch das Fenster. Felix lief aufgeregt hin und her.

»Ich habe mir doch nicht die Mühe gemacht, es zu verstecken, damit ihr es mir wieder abnehmt.«

»Wie kommst du nur auf die Idee, dass es dir gehören könnte?«, fragte Luna erstaunt.

»Ich … ich wünsche mir nichts sehnlicher als ein eigenes Weihnachtsgeschenk«, seine Stimme stockte. »Aber in all den Jahren, die ich nun schon bei meiner Familie lebe, habe ich nie eins bekommen. Und so oft habe ich euch beide beobachtet, wie viel Spaß es macht, mit neuem Spielzeug durch die Wohnung zu toben und neue Leckereien zu probieren.«

Ich ließ den Schwanz hängen. Mir fiel unser voller Spielzeugkorb ein, der Luna gerade erst so weich aufgefangen hatte. Bisher hatte ich nie darüber nachgedacht, dass nicht jede Fellnase so viel Glück hatte wie Luna und ich.

»Das tut mir leid«, antwortete ich, »aber dieses Geschenk hier ist für zwei ganz besondere Mädchen. Caro hat sich viel Mühe gegeben, um ihnen eine Freude zu machen. Sie wäre sicherlich enttäuscht, wenn es verschwunden bleibt.«

Luna schmiegte sich an mich und schnurrte: »Wir könnten dir eines von unseren Geschenken abgeben, die wir heute Abend bekommen. Wir legen es hier auf die Fensterbank, und wenn Caro dich das nächste Mal am Fenster begrüßt, kannst du es mitnehmen. Du musst uns allerdings versprechen, dass du in Zukunft nie wieder etwas stibitzt.«

Felix fragte ungläubig: »Mein eigenes Geschenk? Das würdet ihr für mich tun?«

Ich konnte förmlich hören, wie sein Herzchen einen Sprung machte, als er davontrabte.

Luna und ich rieben die Köpfchen aneinander und hüpften von der Fensterbank. Mit vereinten Kräften zogen wir das Päckchen für Marie und Lilli ins Wohnzimmer. Wir legten es unter den Weihnachtsbaum und kuschelten uns aneinander. Ich fing gerade an, Lunas Fell zu putzen, als die Wohnungstür ins Schloss fiel und sich Caros Schritte näherten. Sie beugte sich zu uns, streichelte uns, und ich konnte ihr Lächeln schon an ihrer Stimme erkennen.

»Ihr seid einfach meine Superheldinnen. Wie habt ihr es nur geschafft, das Geschenk zu finden?«

Am Abend lagen Luna und ich gemeinsam auf dem Sofa. Marie und Lilli packten ihr Geschenk aus, und Luna erzählte mir, wie ihre Augen dabei immer größer wurden. Da war es wieder, das Lachen der beiden, das ich so gern hörte. Auf der Fensterbank neben dem gar nicht mehr so unbezwingbaren Berg lag ein Filzball, den Felix bald abholen würde. Und während ich meine Schnurrhaare putzte, dachte ich darüber nach, wie viel Spaß es machte, Geschenke auszupacken. Aber am allerschönsten war es doch, anderen eine Freude zu bereiten.

DORETTE DEUTSCH
Freunde fürs Leben

Es war ein schöner Wintertag in Venedig. Über den kleinen und großen Kanälen hing dichter Nebel, den hin und wieder funkelnde Sonnenstrahlen durchbrachen. Bereits am Morgen war Arturo über ein paar Brücken spaziert und hatte versucht, mit den Pfoten ein paar Nebelfetzen zu erhaschen. Nebel und Sonne – das gab es nur in Venedig! Danach hatte er sich wie immer auf seine Fensterbank in *Castello* gesetzt und seine Umgebung beobachtet: ältere Damen mit schwarzen Einkaufstaschen, die bei Gianni Gemüse und bei Michele noch ein bisschen Weihnachtsdekoration kauften. Zwei junge Mädchen in ausgefransten Jeans starrten auf ihre Smartphones, ohne auf den Weg zu achten, und ein junges Paar hatte nur Augen für sich selbst. Arturo wollte schon vor Wohlbehagen schnurren, als aus dem Haus eine schrille Stimme kam, die immer lauter wurde. Arturo brachte keinen Ton mehr heraus. Mit einem Mal hatte er das beunruhigende Gefühl, dass er sich Sorgen machen musste. In drei Tagen war Weihnachten, aber bisher hatte Rodolfo weder einen Baum aufgestellt noch beim *Macellaio* in der *Salizada San Francesco* den Weihnachtsbraten bestellt. Bislang wurde Arturos Schälchen jeden Morgen gefüllt, aber sein sechster Sinn sagte ihm, dass sich auch das bald ändern würde. Im Haus waren in der letzten Zeit merkwürdige Dinge passiert: Rodolfo, der ihm das beste Katzenfutter Venedigs kaufte, war seit ein paar Tagen nicht mehr ausgegangen. Seine Hände zitterten schon lange, aber seit dem Tod seiner geliebten Elena war es noch schlimmer geworden. Rodolfo lebte allein mit Arturo, nur seine Tochter kam gelegentlich vorbei, stellte die lieblos besorgten Einkäufe ab, meckerte herum und tat so, als kümmere sie sich um ihn. Vielleicht war sie ja gar nicht schrecklich, sondern nur unachtsam, wie viele Zweibeiner, die nicht die gute Erziehung einer Katze genossen hatten. Die Tochter war nach ihrer Heirat nach *Mestre* gezogen, nur einmal in der Woche kam sie nach *Castello*, klagte über alles und war schneller weg, als Rodolfo widersprechen und Arturo seine Krallen ausfahren konnte. Blöder Kater, schimpfte sie jedes Mal abfällig. Woher hätte sie auch wissen können, dass Arturo der heimliche König des Stadtviertels war! Anstatt ihren alten Vater an Weihnachten zu sich zu holen, war sie am Morgen wieder mit ihrer schrillen Stimme aufgetaucht und verbreitete Unruhe. Sie hatte angefangen, Rodolfos Sachen zu packen und nebenan beim Metzger Tommaso, in der kleinen Bar bei Marta und in den anderen Läden laut verkündet, dass ihr Vater nicht mehr allein leben könne. Sie wisse einen Platz, wo er viel besser aufgehoben sei. Niemand, nicht einmal Marta, hatte es gewagt, ihr zu widersprechen. Ein guter Platz für Rodolfo, ob da auch er, Arturo, willkommen war? An diesem Nachmittag traute sich Arturo gar nicht mehr ins Haus, sondern verschwand lieber im Malteser-Garten, wo er sonst seine geliebte Rosella traf, eine pechschwarze Katze mit einem weißen Fleck auf der Nase. Aber Rosella war mit ihren Menschen in Urlaub, in den schneebedeckten Bergen, die er manchmal vom Lagunenrand aus sah. Erst als die Dämmerung einsetzte und sein Magen bedrohlich knurrte, ging er endlich nach Hause und sah, dass im Flur zwei gepackte Koffer standen. Arturo sah sich erstaunt um: Er lehnte Veränderungen grundsätzlich ab, erst recht so kurz vor Weihnachten! An diesem besonderen Tag hatte er Rodolfo immer zur Christmette in *San Francesco* begleitet, vor dem Eingang auf ihn gewartet, die Komplimente der anderen Katzen entgegengenommen und später mit ihm bei Monteverdi-Klängen auf dem Sofa gelegen! Das war Weihnachten, wie er es liebte. Stattdessen saß Rodolfo traurig auf einem Küchenstuhl und hielt ein Foto seiner Elena in den Händen. Er erhob sich schwerfällig, als er Arturo kommen sah, strich dem Kater zerstreut über den Kopf. »Ach, mein Lieber, am meisten macht mir Sorgen, was aus dir werden soll. Aber ich habe Tommaso von der *Macelleria* Bescheid gesagt, dass er dich füttern soll. Verhungern wirst du wohl nicht, der Garten ist ja voller Mäuse.«

Arturo verdrehte die Augen. Hatte Rodolfo tatsächlich »Mäuse« gesagt? In der Nacht hatte sich Arturo ganz eng an Rodolfo geschmiegt. Er befand sich noch im tiefsten Katzenschlaf, als die Tochter an der Tür rüttelte. Ich will aber nicht, hörte er Rodolfo sagen, in zwei Tagen ist Weihnachten. Ebendeshalb, dann gewöhnst du dich schon mal an deine neue Umgebung, sagte die herzlose Tochter tatsächlich. Der Karma-Teufel sollte sie holen! Ein venezianischer Kater wie Arturo kam mit wenigen Gewissheiten aus, aber an den Karma-Teufel glaubte er bestimmt. Dann hörte er, wie die Koffer hinausgetragen wurden. »Und du Katzenkobold, verschwinde einfach, und lass dich nie wieder blicken! Dieses Haus wird schneller verkauft, als du dir vorstellen kannst.« Sie setzte einen Tritt nach, aber Arturo war klug genug, ihr auszuweichen.

Fassungslos saß Arturo vor der verschlossenen Tür. Wie immer, wenn er nachdenken musste, putzte er sein schönes Fell. Vor zehn Jahren, als er noch ein junger, wilder Kater war, hatte er den Ruf als größter Casanova in *Castello* genossen, was natürlich auch auf seine außergewöhnliche Schönheit zurückzuführen war: Er war silbergrau, mit langen Barthaaren und dunkelblauen Augen. Schließlich war er zusammen mit Rodolfo älter geworden und hatte immer mehr die Ruhe in dem schmalen rosafarbenen Haus genossen und sich langsam, aber immer heftiger in die schöne Rosella verliebt. Manchmal spielte er Rodolfo Streiche, wenn er schon kein Casanova mehr war. Er grub die Blumen aus, die Rodolfo in den Kübeln vor dem Haus gepflanzt hatte. Schon wenn man aus der *Salizada San Francesco* um die Ecke kam, sah man im Sommer die blühenden blauen und gelben Stauden. Es war ein Anblick, der das Herz erfreute. Genauso liebte er es, Rodolfos Socken zu verstecken und seine wunderbaren Saucen von den Tellern in der Spüle zu lecken. Ja, sein Rodolfo war ein erstklassiger Koch, und Arturo war stolz auf ihn! Nach Elenas Tod waren sich Arturo und Rodolfo noch nähergekommen, und jetzt durfte er sogar auf Elenas Seite im großen Bett schlafen.

Kurz nach Elena war auch Camillo gestorben, sein liebster Feind, ein schrecklich fiepsender Cockerspaniel, der schon Angst hatte, wenn ein Blatt vom Baum fiel. Dem hatte er natürlich nicht nachgetrauert, Rodolfo aber schon. Danach war Rodolfo meist zu Hause geblieben, anstatt am Nachmittag mit dem angeleinten Camillo über Brücken und Kanäle zu gehen und eine *Ombra* bei Marta zu trinken. Manchmal waren sie ein bisschen länger geblieben, und

Arturo hatte insgeheim gehofft, dass die sanfte Marta Rodolfo gefallen könnte. Am Ende dieses traurigen Sommers ohne Elena und ohne Camillo war Rodolfos Tochter aufgetaucht und hatte angefangen, im Haus Ordnung zu schaffen. Arturo fand, dass sie indiskret und unangemessen neugierig war. Wahrscheinlich suchte sie Geld. »Es reicht jetzt!«, schrie sie mit ihrer schrillen Stimme. »Ich habe ein Altenheim für dich gefunden. Du wirst doch wohl nicht annehmen, dass ich hier ständig vorbeikomme, um dir den Haushalt zu führen!« Rodolfo machte eine abwehrende Handbewegung, aber er hatte nicht mehr die Kraft, sich dagegen aufzulehnen. Schließlich hatte die Tochter einfach seine Sachen in zwei Koffer gepackt, obendrauf ein Foto von Elena gelegt und den armen Rodolfo über den kürzesten Weg zur Anlegestelle geführt. »Lass mich bei Zia Marta wenigstens noch eine *Ombra* trinken«, hatte er sie angefleht, aber nichts zu machen.

Vorsichtig sah Arturo sich um: Inzwischen war es bereits dunkel. Die Menschen kamen von ihren Weihnachtseinkäufen zurück. Weihnachten, das konnte er in diesem Jahr wohl vergessen! Für einen Augenblick wurde ihm ganz schwer ums Herz. Wo sollte er die Nacht verbringen? Das Beste, das er machen konnte, war, sich im Garten hinter dem Haus zu verstecken. Dummerweise fing es gerade zu regnen an, ziemlich heftig sogar. Es kostete ihn einige Überwindung, in die Hundehütte zu schnuppern, die dem Kläffer Camillo gehört hatte. In der Ecke der Hundehütte fand er zum Glück auch einen alten Knochen, an dem noch winzige Fleischreste hingen. Arturo nagte und nagte, bis sein Magen beruhigt war, was eher vom Nagen als von der wirklichen Fleischmenge kam. Als er aus der Hütte blickte, sah er auf der Wiese vor sich lauter rosafarbene Vögel, die im Gras pickten und ihn aus sicherer Entfernung beobachteten. Es kam ihm vor, als würden sie über ihn sprechen. Oder flüsterten sie sich venezianische Geheimnisse zu, von denen er noch nichts ahnte?

Er fragte sich kurz, ob dies Traum oder Wirklichkeit war, und schloss vorsichtig die Augen. Wenn nur Rodolfo bei ihm wäre! Als er die Augen wieder öffnete, waren die grazilen Vögel weg, nur zwei Raben saßen auf der Wiese, die sich über ihn lustig machten.

»Hey, Arturo, hast du nicht ein Bett in einem warmen Haus? Sogar mit einer rosafarbenen Schlafdecke, wir haben dich durch das Fenster gesehen. Damit ist es jetzt vorbei! Was für ein Pech, dass dein Rodolfo nun im Altenheim ist!« Offensichtlich wollten sich die beiden an ihm rächen, oft genug hatte er sie in der Vergangenheit geneckt. »Verschwindet, das geht euch gar nichts an!« Der größere Rabe plusterte sein schwarzes glänzendes Gefieder auf. »Du bist ganz schön unhöflich. Du solltest dich besser zurückhalten, vielleicht brauchst du uns noch.« Die beiden sahen einander an. »Ich, euch brauchen? Zwei so hässliche Vögel wie euch!« Er machte einen Satz auf die Vögel zu, die sofort aufstoben. »Das wird dir noch leidtun.« – »Das glaubt ihr nur«, brummte Arturo vor sich hin. »Wir wissen nämlich, wo die Tochter Rodolfo hingebracht hat!« Krächz, krächz, und weg waren sie.

»Na, haben sie dich ausgesperrt?«, fragte Canaletto, sein alter Freund, der zwar eine Ratte, aber trotzdem mit den wichtigsten Katzenpersönlichkeiten Venedigs befreundet war. »Nein, wie kommst du denn darauf?« – »Na, ich hab doch die Koffer gesehen, und wie die Tochter den armen Rodolfo zur Bootsanlegestelle geschleppt hat!« – »Na und, sie wollen ein paar Tage Urlaub machen, du weißt doch, dass Rodolfo auch ein Haus am Lido besitzt.« – »Lüg mich nicht an, du weißt genauso gut wie ich, dass er nicht zurückkommt!«, widersprach Canaletto. Arturo wusste schon länger, dass es völlig unmöglich war, einer venezianischen Ratte etwas vorzumachen. Schließlich trugen sie das gesammelte Wissen von ein paar Jahrhunderten mit sich herum und rochen es kilometerweit, wenn jemand flunkerte.

Plötzlich rollten zwei dicke Tränen über Arturos Wangen und benetzten seine weißen Barthaare. Canaletto, der einen siebten Sinn für die seelischen Zustände von Menschen und Katzen hatte, setzte sich schützend an seine Seite. »Na, na, was ist denn los? Was ist denn passiert? Du weißt doch, in schwierigen Situationen braucht man einen Freund. Wieso sitzt du eigentlich bei der Kälte hier draußen?« Arturo schluchzte noch einmal, was überhaupt nicht seine Art war, aber er spürte, dass er von jetzt an lange allein sein würde. Also besser eine Ratte als Freund als gar keinen. Außerdem mochte er Canaletto, der in der ganzen Katzengemeinde aufgrund seiner besonderen Verdienste und Hilfsbereitschaft höchst angesehen war. »Jetzt sag mir schon, warum die Tür zu ist und du in der Kälte sitzt?« – »Was soll ich sagen, liebster Canaletto: die Tochter von meinem Rodolfo hat beschlossen, dass er im Altenheim besser aufgehoben ist.« Canaletto zupfte sich nachdenklich am Ohr. »Hm, ein Altenheim ist nie eine gute Idee. Die Menschen fühlen sich fremd dort und sterben meist früher, als sie zu Hause sterben würden. Weißt du zufällig, in welches Heim sie ihn gebracht hat?« – »Verflixt nein!« Im selben Augenblick flogen die zwei Raben kreischend über den Garten. »Wir wissen alles, und du nichts!« Arturo kannte die sprichwörtliche Neugier der beiden, was dazu führte, dass sie die bestinformierten Vögel Venedigs waren. »Hey, ihr beiden«, rief Canaletto energisch. »Kommt doch mal runter.«

Die beiden Raben schnabelten auf einem kahlen Ast und taten furchtbar wichtig. »Ich habe gehört, dass Raben nicht nur Allesfresser, sondern auch Alleswisser sind. Könnt ihr das bestätigen?« Die beiden Raben schauten sich geschmeichelt an. »Alleswisser? O ja, das sind wir! Allein schon deshalb, weil man aus der Luft viel besser sieht«, rief der größere, dem ein Auge fehlte. »Kompliment, dass du unseren wahren Charakter erkannt hast. Und vor allem uns zu schätzen weißt!« – »Dann könnt ihr Alleswisser uns bestimmt auch sagen, wo Rodolfo hingebracht wurde.« – »Natürlich wissen wir das, willst du uns beleidigen?«, krächzte der kleinere. »Wir überlegen aber noch, ob wir euch die Information durchgeben.« – »Was gibt's denn da zu überlegen?« – »Arturo war in den letzten Jahren nicht besonders nett zu uns. Jedes Mal, wenn wir uns in den Malteser-Garten setzen wollten, hat er uns ganz böse vertrieben.« – »Kann ich nur bestätigen«, krähte der größere, »richtig giftig wurde er. Na ja, manche glauben's nicht, aber es gibt eben das Karma! Dafür verbürgen wir uns.« – »Lenkt nicht ab, sagt mir lieber, wo Rodolfo ist«, mischte sich Arturo ein. Er war ungeduldig. »Oder müssen wir die große Katzenkongregation abhalten? Ihr wisst doch, dass es euch Raben dann an den Kragen geht!« Schlimm genug, dass er als Kater mit einer

Ratte sprach, jetzt sollte er auch noch mit zwei zwielichtigen Raben ein Zweckbündnis schließen. Zweckbündnisse konnten nie eine Lösung sein, das wusste er aus den politischen Kommentaren, die ihm Rodolfo manchmal aus der Zeitung vorlas. »Na ja, wir haben gesehen, wie Rodolfo und seine Tochter an der *Celestia* das *Vaporetto* nahmen, und am *Ospedale* sind sie ausgestiegen«, erbarmte sich endlich der kleinere. »Wir vermuten daher, dass die beiden zum *casa di riposo* neben dem Krankenhaus unterwegs waren. Rodolfo konnte kaum laufen, so traurig war er!« Arturo ballte beide Pfoten. »Das wird sie mir büßen«, sagte er leise. »Ist das alles, was ihr von uns wissen wolltet?« – »Für heute schon. Danke der Nachfrage.« – »Immer gerne. Und vergiss nicht, uns ein paar Körner auszulegen. Infos gibt's bei uns nur gegen Fressen.« Die Raben flogen davon. »Wenn die nur keiner Möwe in die Pfoten fallen«, bemerkte Canaletto, als er ihnen nachsah, »die Viecher fressen sogar Raben. Und wir müssen die Federn entsorgen.«

Die Glocken von *San Francesco* riefen zum Abendgebet. Canaletto hatte sich neben Arturo gesetzt, es tat ihm leid, ihn allein im Garten zurückzulassen. »Sag mal, Arturo, weißt du eigentlich, dass bald Weihnachten ist?« – »Ja, schon«, miaute der Kater kläglich. »Seitdem Rodolfo nicht mehr da ist, weiß ich nur nicht, mit wem ich es verbringen soll. Rodolfo hat Weihnachten doch so geliebt! Am Nachmittag ging er mit seiner geliebten Elena in die Kirche von *San Francesco*, wo es nach Weihrauch und geschmolzenem Kerzenwachs roch. Dann kehrten sie Hand in Hand nach Hause zurück, und er las ihr eine Weihnachtsgeschichte vor, und sie erinnerten sich an all die glücklichen Weihnachten, die sie miteinander verbracht hatten. Und später, als wir allein waren, war es auch nicht schlecht.« – »Hm«, machte Canaletto, »eigentlich ein schönes Leben. Verstehst du, warum man es in einem Altenheim beenden muss, wenn man zu Hause eine Katze hat?« – »Das ist es eben«, pflichtete ihm Arturo traurig bei. »Alles andere kann man doch organisieren. Die Einkäufe werden gebracht, Putzen ist auch nicht das Problem, und nachts schläft man neben seiner Katze!« Bei Canalettos Worten wurde Arturo ganz schwummrig, und am liebsten hätte er hemmungslos zu weinen angefangen. Aber er schämte sich und wollte nicht, dass ausgerechnet eine Ratte ihn so hilflos sah. Canaletto sah ihn mitleidig aus listigen Äuglein an. »Weißt du, Arturo, von meiner Urgroßmutter Sofia, die eine überaus kluge Museumsratte war, habe ich eines gelernt: Wer traurig ist, braucht einen Freund, und wer Sorgen hat, braucht einen Plan. Einen Freund hast du ja schon. Fehlt noch der Plan.« Arturo fiel es schwer, sich auf die Worte seines neuen Freundes zu konzentrieren. Was sollte er ausgerechnet mit einer Ratte anfangen! Aber gut, eine angebotene Pfote sollte man nicht ausschlagen, von wem auch immer, das war eine Frage von Respekt und Höflichkeit. »Ich schlage vor, ich bring dir noch was zu essen, das *Baccarò* in der *Salizada San Francesco* macht gerade zu, da finden sich sicher ein paar leckere Sachen im Abfall. Ich sehe gleich mal nach.« Schnell war der Kleine um die Ecke verschwunden und kehrte nach ein paar Minuten mit einem halbangenagten Fisch zurück, den er am Schwanz hinter sich herzog. »Hier schau mal, für heute muss es reichen. Morgen kriegst du was Besseres.« Mit diesen Worten sprang Canaletto davon, denn er hatte noch mehr halbe Fische in der Mülltonne gesehen. Merkwürdig, Leo kochte doch so gut, sicher hatte es ein paar Touristen nicht geschmeckt. In dieser Nacht schlief Arturo schlecht, aber sein Magen knurrte nicht mehr, und er hatte einen Freund gefunden. Er wunderte sich über sich selbst. Er, ein Kater, der in einer verlassenen Hundehütte schlief, anstatt in *calli* e *calletti* nach Abenteuern zu suchen!

Als er kurz nach Sonnenaufgang aufwachte, wartete Canaletto schon neben der Hütte. »Arturo, ich habe einen Plan. Los, komm, wir gehen zum Altenheim!« Arturo fühlte sich so überrumpelt, dass er kraft- und willenlos hinter Canaletto herschlich.

Ganz langsam breitete sich das Tageslicht über den Häusern und Kanälen aus und tauchte Venedig in ein fantastisches Licht. Vor dem Eingang des Krankenhauses begegneten die beiden Arturos Freund Cosimo, der es ziemlich eilig hatte. »Cosimo, nanu, so früh?« Cosimo leckte sich die Barthaare. »Ich wollte mir das Weihnachtsfrühstück im Krankenhaus nicht entgehen lassen, aber jetzt muss ich schnell los. Den Weihnachtsbaum zerstören, das wird doch von uns Katzen erwartet, nicht wahr?« Ohne auf die Ratte an Arturos Seite zu achten, flitzte er davon. Zweimal musste Arturo unterwegs stehen bleiben, weil ihm die Luft ausging. »Los, Arturo, das kommt davon, weil du so träge auf der Decke liegst! Streng dich ein bisschen an! Es geht um die Zukunft deines Lieblingsmenschen! Wenn die Information der Raben stimmt, liegt das Altenheim kurz hinter dem Krankenhaus!« Arturo holte tief Luft, dachte an die weiche Decke in Rodolfos Bett und spurtete mit solcher Kraft los, dass Canaletto Mühe hatte, ihm zu folgen. »Ich rieche es schon«, rief Arturo mit neuer Energie, »Desinfektionsmittel und Einsamkeit, noch schlimmer als nasses Hundefell! Igitt!« Das Gebäude, alt wie alles in Venedig, lag in einem Innenhof, und o Wunder, das hölzerne Tor stand einen Spalt weit auf, weil zu dieser Uhrzeit die Lieferanten kamen. Der Innenhof war kahl, nur der große Frühstücksraum war hell erleuchtet, und um die Tische saßen viele alte Leute, die traurig und blass dünnen Milchkaffee aus zu großen Tassen tranken. »Da, schau mal, da sitzt Rodolfo!« Canaletto hatte den alten Mann im grauen Pullover als Erster entdeckt. Arturo konnte kaum an sich halten und begann, an der Glasscheibe zu kratzen. »Arturo, hör auf, er hat dich schon entdeckt, die Schwestern müssen dich nicht unbedingt sehen!« Arturo kratzte, schrie, sein Fell plusterte sich auf, und seine Augen traten bedrohlich hervor. »Arturo, lass den Krawall!« – »Was?« Arturo konnte es kaum glauben, dass eine Ratte so energisch mit ihm sprach. »Gib jetzt Ruhe. Wir Ratten haben im Lauf der Jahrhunderte raffinierte Methoden erarbeitet, die effizienter sind. Mit Gewalt erreichst du nichts.« Schwerfällig stand Rodolfo von seinem Stuhl auf, ging auf die Scheibe zu. Ein Strahlen ging über sein Gesicht, das den Weihnachtsbaum auf der *Piazza San Marco* in tiefen Schatten gestellt hätte. »Arturo, mein Lieber«, stammelte er. »Los, komm raus, wir gehen nach Hause«, miaute Arturo. »Ich kann nicht, du weißt doch, dass meine Tochter mich hierhergebracht hat!« Die Trauer, die sich in seinem Gesicht breitmachte, brach Arturo fast das Herz. »Sag ihm, er soll sich keine Sorgen machen. Denn du hast einen Freund, nämlich mich, und der hat einen Plan«, sagte Canaletto stolz, weil er es liebte, sich nützlich zu fühlen. »Und sag ihm noch, dass er an Weihnachten wieder zu Hause sein wird. Und du, besorg schon mal einen Weihnachtsbaum. Muss ja nicht neu sein, gern aus Plastik und aus dem Müll, vom letzten Jahr.« Arturo wagte es nicht, ihm zu widersprechen. Canaletto wartete noch ein bisschen, bis Arturo um die Ecke verschwunden war, dann schlüpfte er durch die Hintertür. Zwei junge Frauen mit weißen Schürzen räumten gerade das Geschirr ab und brachten es in die Küche. Ohne lange nachzudenken, sprang er auf den Küchentisch und setzte seine unschuldigste Miene auf. Dann machte er sich daran, die Brotreste von den Tellern zu essen. Der Schrei der Frauen – ein bisschen taten sie ihm leid – ging allen Bewohnern durch Mark und Bein. Canaletto blieb völlig unbeeindruckt auf dem Küchentisch sitzen, trank zum Abschluss eine Tasse Milch und putzte sich. Die beiden Pflegerinnen hatten vor Schreck schon das Weite gesucht. »Wenn das die Presse erfährt«, japste die Leiterin, die herbeigeeilt war und deren Stimme genauso schrill wie die von Rodolfos Tochter war. »Das gibt's doch nicht, eine Ratte, an Weihnachten, in unserem Altenheim!« Canaletto sah sie furchtlos und herausfordernd an. Erst als die Leiterin ihm mit einem Besenstiel drohte, sprang er schnell unter die Spüle, wo er wenig später durch ein Loch in der Mauer verschwand.

Rodolfo hatte den allgemeinen Aufruhr genutzt, um seinen Mantel zu holen. Das Auftauchen seines geliebten Katers hatte ihm die Kraft und den Mut eines Zwanzigjährigen verliehen. Zum Glück war sein Hausschlüssel noch da, den hatte er wohlweislich in einer winzigen Innentasche versteckt. Niemand bemerkte, wie er das Haus verließ.

Draußen atmete er tief die kühle, salzige Luft der Lagune ein. Mit energischen Schritten schlug er den Weg zur *Salizada San Francesco* ein, um sich eine *ombra* bei Marta, der sanften Wirtin, zu gönnen. Martas Mann war vor einem Jahr verstorben, sie war genauso einsam wie er. »Rodolfo, wo kommst du denn her?« Sie griff sich ans Herz, das in letzter Zeit ein bisschen stolperte, aber das lag sicher daran, dass sie so oft allein war. »Aus dem Altenheim, aber da gehe ich nie wieder hin!« – »Willst du eine *ombra*?« Rodolfo nickte stumm. Er genoss den herben Wein, der nach Salz und Meer schmeckte und den die Mönche vom Kloster *San Francesco* am Lagunenrand anbauten. »Marta, *mia cara*, willst du mit mir Weihnachten feiern?« – »Ja, aber, wenn es deine Tochter erfährt …« Rodolfo setzte seinen energischsten Blick auf. »Kein Aber, und meine Tochter werde ich heute noch enterben.« Von *San Francesco* läuteten die Glocken das Weihnachtsfest ein. »Komm schnell, wir müssen noch die Vorbereitungen für das Weihnachtsessen treffen.« Draußen miaute es energisch, Arturo kratzte an der Tür, weil gleich der *Macellaio* zumachte. Den Weihnachtsbaum, in Miniaturgröße und aus Plastik, hatte er schon besorgt. Marta schloss die Tür zu ihrem *Baccarò* ab, nahm Rodolfos Arm und wunderte sich nur ein bisschen, dass hinter ihnen ein grauer Kater herlief, der einen Mini-Weihnachtsbaum aus Plastik, wie ein Katzenbaby, im Maul trug, zu den Fassaden der Häuser schielte und beschwichtigend auf eine unsichtbare Gestalt im Dunkeln einsprach. »Ist ja gut, Canaletto. Ja, ich weiß, dass du dein Leben riskiert hast. Ja, ja, du bekommst ein Stück Weihnachtsbraten! Natürlich kannst du ab heute in Camillos Hundehütte übernachten!

Die rosafarbenen Vögel können wir dann gemeinsam beobachten. Aber klar doch, wir sind Freunde, und ich werde dir ewig dankbar sein.«

RENÉE LEGRAND
Katze oder Hund?

»Ich mag lieber Katzen als Hunde, weil es keine Polizeikatzen gibt.«

Hat der französischer Karikaturist Siné mit diesem Satz recht?

Ob man Hunde oder Katzen mag, ist sicher eher eine theoretische Frage. Ich persönlich musste mich nie für einen Hund gegen eine Katze entscheiden oder umgekehrt. Haustiere hatten andere Leute, ich hatte dafür keine Zeit und auch nur wenig Sinn.

Umso überraschter war ich, als ich im letzten Dezember in ein seltsames Dilemma geriet.

Meine Nachbarn, eine freundliche Familie mit einem Jungen und einem Mädchen im Kindergartenalter, hatten den beiden zu Ostern einen Welpen geschenkt, den sie sich sehnlichst gewünscht hatten. Chicco war wie die meisten jungen Hunde bezaubernd und wurde von allen in der Straße bestaunt und bewundert. Sein Fell war ganz weich, und seine Pfoten waren noch viel zu groß im Verhältnis zu seinem winzigen Körper. Er war auf rührende Weise verspielt, und selbst ich, die ich immer skeptisch gegenüber Hunden gewesen war, konnte mich seinem Charme nicht entziehen. Ich sprang sogar als Hundesitter ein, passte auf ihn auf, ging mit ihm auf dem Heiligenberg spazieren.

Chicco, der eine Mischung aus Golden Retriever und Labrador zu sein schien, so genau wusste das niemand, war lebhaft, munter, fraß immer mehr und hatte bereits nach wenigen Wochen seine Größe verdoppelt. Am Ende des Jahres war er zu einem stattlichen, kräftigen Tier herangewachsen.

Mitte Dezember sagte meine Nachbarin: »Du verstehst dich doch gut mit Chicco. Würdest du zwei Wochen auf ihn aufpassen? Wir wollen in den Weihnachtsferien unsere Freunde im Elsass besuchen, aber den Hund können wir leider nicht mitnehmen.«

Ich überlegte nicht lange. Weihnachten bedeutete mir nicht viel. Und als Single hatte ich an den Feiertagen sowieso Bereitschaftsdienst im Krankenhaus.

»Ich bin zwar nicht immer zu Hause, das wisst ihr ja. Babys kommen auf die Welt, wann sie wollen, und richten sich weder nach der Tageszeit noch nach dem Kalender. Chicco müsste dann ab und zu ein paar Stunden allein bleiben. Wenn das kein Problem ist, kriege ich das hin.«

Ich liebte meine Arbeit als Hebamme, die unregelmäßigen Dienste machten mir nichts aus.

Dankbar reisten meine Freunde in die Ferien.

»Pass gut auf Chicco auf!«, rief mir eins der Kinder noch durch das Autofenster zu, bevor der Wagen um die Ecke verschwand.

Man glaubt es kaum, wie viele Babys gerade an den Weihnachtstagen geboren werden. Vom 23. Dezember an herrschte im Kreißsaal auch dieses Jahr wieder Hochbetrieb. So war ich nur selten zu Hause. Allein an Heiligabend kamen zwei Babys zur Welt. Eines von ihnen sollte den Namen Jesus bekommen.

»Wollen Sie das tatsächlich?«, fragte ich die spanischen Eltern. »Soll er wirklich ein Jesuskind werden?«

Sie wollten es unbedingt. Was für eine Verpflichtung, der arme Junge!, dachte ich.

Immerhin, Mutter und Kind waren wohlauf, und so konnte ich das Krankenhaus verlassen und mich meiner neuen Freizeitbeschäftigung widmen.

Chicco empfing mich mit Freuden, als ich nach Hause kam und ihm Futter gab. Dann machten wir noch einen kurzen Spaziergang durch die weihnachtlich geschmückten Straßen.

Noch zwölf Tage, dachte ich, dann habe ich es hinter mir.

Während der Geburt des nächsten Weihnachtsbabys wartete die Familie, der Vater und drei kleine Kinder, auf dem Flur vor dem Kreißsaal. Die Kinder waren blass und nicht warm genug angezogen, und der Vater erzählte mir, dass die Familie in einer engen Wohnung im Bahnhofsviertel wohnte.

»Was soll ich machen, ich schaffe das nicht alles allein«, sagte er, als ich ihn fragte, wie er allein mit den Kleinen zurechtkam. Er sei im Straßenbau tätig und brauche dringend Hilfe. »Ich hoffe, meine Frau kann gleich nach der Geburt wieder mit nach Hause«, seufzte er. Er deutete auf eine ausgebeulte kleine Reisetasche, die neben ihm stand. »Und dann auch noch das hier!«

Ich sah ihn fragend an. Vorsichtig öffnete er den Reißverschluss der Tasche und zeigte auf ein winziges, schwarz-weißes, wolliges Etwas.

»Die lag heute vor unserer Tür, die Kinder haben sie gefunden. ›Lucie muss bei uns bleiben, bitte, bitte, Papa‹, haben sie gebettelt. Ich weiß wirklich nicht, was ich mit so einem Tier anfangen soll. Die Kinder haben sie hoffentlich bald wieder vergessen. Sie denken jetzt vielleicht eher an ihr Geschwisterchen.«

Ich musste zurück in den Kreißsaal. Die Frau hatte inzwischen heftige Wehen, die Schwangerschaft hatte sie ohne ärztliche Begleitung hinter sich gebracht.

»Ich weiß doch, wie das geht, und für Arztbesuche habe ich keine Zeit.« So konnte sie natürlich nicht wissen, dass sie Zwillinge zur Welt bringen würde. »Wir haben doch schon drei, und noch zwei dazu, wie soll ich das je schaffen?«

Ich rief umgehend die Sozialarbeiterin an, die in solchen Fällen Familien berät.

Als ich dem Vater mitteilte, dass ein gesundes Zwillingspärchen auf die Welt gekommen sei, erstarrte er vor Schreck.

Ich versuchte, ihm gut zuzureden, doch er seufzte und sagte: »Ach du meine Güte!« Dann zeigte er erneut auf die Tasche mit dem Kätzchen.

»Schon gut, ich nehme es«, hörte ich mich aus Mitleid sagen.

Als ich nach Hause kam, sprang Chicco zuerst wie gewohnt an mir hoch, dann begann er plötzlich, laut zu bellen.

Damit begann das Desaster, hätte ich mir ja denken können.

Hund und Katze, natürliche Feinde. Weihnachten, kein Tierheim offen und kein Veterinär zu erreichen.

Ich holte das Kätzchen aus der Tasche und setzte es behutsam auf den Tisch. Es schien hungrig zu sein. Chicco sprang am Tisch hoch und gebärdete sich wie wild. So hatte ich ihn noch nie erlebt. Ich packte ihn am Halsband, brachte ihn ins Esszimmer und schloss die Verbindungstür zwischen den beiden Räumen ab. Denn es wäre ein Leichtes für ihn, die Tür zu öffnen, indem er die Klinke hinunterdrückte.

Glücklicherweise fand ich in der Küche ein altes Babyfläschchen, das noch von meinem inzwischen fast erwachsenen Neffen stammte. Ich füllte verdünnte Milch hinein und hielt der kleinen Lucie den Sauger hin. Sie trank sofort, wurde aber schnell müde.

Auf dem Sofa bereitete ich ihr ein weiches Lager aus einem alten Pullover. Sie kuschelte sich hinein und schlief ein.

Währenddessen kratzte Chicco unablässig an der Tür und jaulte. Obwohl ich es gewohnt bin, auch in brenzligen Situationen die Nerven zu behalten, wurde ich unruhig. Würde das die nächsten zwölf Tage so weitergehen? Wie sollte ich das aushalten?

Vorsichtig öffnete ich die Tür und ging in den Nebenraum. Chicco sprang an mir hoch und ließ sich nur mühsam beruhigen.

Wie mache ich das bloß an den Feiertagen allein mit Hund und Katze – und Bereitschaftsdienst?

Hunde und Katzen sind ein unerschöpfliches Thema in den sozialen Netzwerken. Sicher gab es irgendwo einen Rat, wie ich die beiden Tiere in einer Wohnung versorgen und vielleicht sogar miteinander versöhnen konnte. Ich suchte und fand eine ganze Liste mit angeblich hilfreichen Tipps. Da war von »langsamer Gewöhnung« die Rede, man solle zwei Futternäpfe nebeneinanderstellen und die Tiere beim Fressen gut überwachen. Die meisten Anregungen verlangten die ständige Anwesenheit des Tierhalters. Nichts für mich. Und noch bevor ich zu Ende gelesen hatte, wurde ich zur nächsten Geburt gerufen.

Ich ließ Chicco im Esszimmer, Lucie im Wohnzimmer, schloss die Verbindungstür wieder ab und machte mich auf den Weg.

Erst spät am Abend kam ich erschöpft nach Hause zurück. Es war eine dramatische Geburt gewesen. Ein Kaiserschnitt war notwendig geworden, und der Arzt im Bereitschaftsdienst traf erst im letzten Moment ein.

Als ich meine Wohnung betrat, hörte ich lautes, heiseres Bellen. Chicco sprang wie wild von innen gegen die Wohnzimmertür.

Wohin zuerst?

Mein Gefühl sagte mir, dass die Katze mich mehr brauchte. Lucie lag immer noch in der Ecke des Sofas und miaute leise. Nachdem ich ihr etwas Milch gegeben hatte, schlief sie gleich wieder ein.

Dann ging ich zu Chicco, der schwanzwedelnd an mir hochsprang und mich freudig begrüßte.

In der Küche stellte ich ihm sein Futter hin und gab ihm als besonderen Leckerbissen noch ein Stück Trockenfleisch. Dazu einen großen Napf Wasser. Vorübergehend herrschte Ruhe. Doch kaum hatte ich ihn wieder im Esszimmer eingeschlossen, fing er an zu jaulen. Und er hörte nur auf, wenn ich ihn streichelte.

Sobald ich wieder zum Kätzchen ging, begann er erneut zu winseln.

Bis zum zweiten Weihnachtstag trennte ich die beiden konsequent. Eine andere Möglichkeit sah ich nicht, bis die Familie wiederkam. Noch zehn Tage! Sooft ich konnte, ging ich mit Chicco spazieren, gab ihm zu fressen und schloss ihn dann wieder im Esszimmer ein. Die Tür zwischen den beiden Räumen war inzwischen völlig zerkratzt.

Das Kätzchen residierte weiterhin im Wohnzimmer.

Ich hielt es gerade auf dem Arm und fütterte es, als ein Anruf aus dem Krankenhaus kam. Eine Frau mit Wehen, schon alle zehn Minuten. Ich musste mich beeilen, war in Gedanken bereits bei der Geburt und öffnete spontan noch einmal die Wohnzimmertür, um nach Chicco zu sehen, bevor ich losfuhr.

Gerade noch rechtzeitig erreichte ich den Kreißsaal und sah sofort, dass die Gebärende große Schwierigkeiten hatte. Sie hatte seit Stunden Wehen, doch die waren zu schwach. Ich überprüfte das Kind, die Herztöne waren kräftig, es schien ihm gut zu gehen. Die junge Frau aber verlor die Nerven. Niemand war bei ihr, einen Kindsvater gab es offenbar nicht. Ich konnte sie nicht beruhigen. Sie weigerte sich, Schmerzmittel zu nehmen, jammerte und schrie. Ich setzte mich zu ihr, und um sie abzulenken, erzählte ich ihr von Chicco und Lucie. Da beruhigte sie sich.

»Ein Kätzchen? Wie süß«, sagte sie, »wie gern hätte ich eins. Aber mit dem Kind zusammen kann ich das vergessen.«

Ich erfuhr in unserem Gespräch, dass ihr Freund sie verlassen hatte, als sie ihm sagte, dass sie schwanger sei. Sie wollte aber das Kind unbedingt. Jetzt lebte sie in einer WG, doch die Mitbewohner waren alle in den Weihnachtsferien.

»In den ersten Wochen kann Sie eine Hebamme betreuen«, sagte ich ihr, »ich bitte eine Kollegin, sich um Sie zu kümmern.«

Nach der nächsten Wehe fragte sie mich erneut nach dem Kätzchen.

Ich zeigte ihr ein Handyfoto von Lucie. Sie war begeistert und wiederholte, wie gern sie ein Kätzchen haben würde.

Es wurde eine langwierige Geburt. Bis die angehende Mutter endlich zustimmte, Wehenmittel zu nehmen, um das Ganze zu beschleunigen.

Immer wieder dachte ich zwischendurch an die beiden Tiere. Sie waren jetzt schon ein paar Stunden allein, aber es konnte ja nichts passieren, schließlich war die Tür zwischen ihnen. Plötzlich erschrak ich. Die Tür? Hatte ich sie wirklich abgeschlossen? Ich war ja in aller Eile zum Dienst aufgebrochen. Mir wurde angst und bange. Was würde ich vorfinden, wenn ich nach Hause käme? Ich konnte niemanden bitten nachzusehen, alle Freunde waren über die Feiertage verreist. Hier konnte ich nicht weg, bevor das Kind geboren war und Mutter und Baby versorgt waren.

Endlich setzten die Presswehen ein, und bald lag das kleine Mädchen im Arm seiner Mutter.

Normalerweise ist dies immer ein Moment großer Freude. Doch davon konnte heute keine Rede sein. Ich hatte einen wilden Chicco und ein totes Kätzchen vor Augen und machte mir große Sorgen. Mein Herz schlug heftig, und am liebsten wäre ich sofort nach Hause gefahren.

Die junge Frau war von der Geburt geschwächt und brauchte Zuspruch. Sie lag da, allein und deprimiert und schien sich gar nicht über das Kind zu freuen. Als ich ihr sagte, dass Lucie auch so klein und hilflos sei, lächelte sie. Ich blieb bei ihr, bis sie eingeschlafen war.

Das Baby wurde vom Kinderarzt untersucht und war

glücklicherweise ganz gesund. Schließlich konnten beide auf die Station gebracht werden. Normalerweise habe ich dann Zeit zum Durchatmen, doch jetzt war ich wegen der Gäste in meiner Wohnung sehr nervös. Ich rechnete mit dem Schlimmsten. Unterwegs hörte ich Kirchenglocken läuten, dachte aber nicht an Weihnachtsgottesdienste, sondern an Mord und Totschlag.

Ich rannte ins Haus und stürzte die Treppe nach oben.

In der Wohnung war es ungewöhnlich still. Totenstill, dachte ich. Chicco bellte nicht, die Tür zwischen Wohn- und Esszimmer stand weit offen. Ich hörte kein leises Miauen, kein Bellen, Jaulen oder Winseln.

Ich holte tief Luft und betrat das Wohnzimmer.

Lucie war nirgendwo zu sehen. Auf dem Sofa lag friedlich schlafend Chicco. Ein satter Mörder, dachte ich. Er hat die winzige Lucie gefressen und ruht sich jetzt aus. So sind sie eben, die Hunde. Angewidert wandte ich mich ab.

Ich fühlte mich schrecklich und ließ mich auf einem Sessel nieder, um zu überlegen, was ich jetzt tun könnte. Endlich raffte ich mich auf und sah mir Chicco genauer an. Und da entdeckte ich es. Das Kätzchen lag da, dicht an ihn geschmiegt und schlief tief und fest.

Unglaublich, aber wahr.

Ich nahm mir ein Bier aus dem Kühlschrank und stellte das Radio an, nur um jemanden reden zu hören und ein bisschen zu entspannen.

Mit halbem Ohr hörte ich einen Satz aus dem Buch des Propheten Jesaja, den ich aus der Christmesse kannte, in der ich immer als Kind gewesen war. Plötzlich schien er etwas zu bedeuten:

»Da wird der Wolf beim Lamm wohnen und der Panther beim Böcklein lagern. Kalb und Löwe werden miteinander grasen … Kuh und Bärin werden zusammen weiden, ihre Jungen beieinanderliegen.«

Ich bin wirklich nicht sentimental, aber da kamen mir dann doch die Tränen. Wahrscheinlich nur, weil ich müde und ziemlich erschöpft war.

Eins immerhin ist sicher: Ich mag Hunde genauso gern wie Katzen.

Eine Woche später holte die frisch gebackene Mutter Lucie ab. Das kleine Findelkind ist jetzt vollwertiges Mitglied der WG.

TATJANA KRUSE
Weihnachtliche Wohlfühlidylle

Heiligabend, vor einem Jahr

»Ich glaube, er ist einsam.«

Suse und Toni saßen einträchtig auf ihrer riesigen Räkelcouch unter einer selbst gehäkelten Decke und tranken Glühwein. Weihnachtliche Wohlfühlidylle pur.

Toni blätterte in der fetten Schwarte *Heimwerken auf Profi Niveau*. Ein Weihnachtsgeschenk von Suses Vater. »Was?«

»Anselm. Kommt er dir nicht auch deprimiert vor?«

»Nein.«

Suse war – um es in ihren eigenen Worten zu sagen – Schöpferin nicht reimender Reime, Tochter eines magischen Oboisten und einer warmherzigen Superheldin, Schwester eines zärtlichen Revoluzzers und einer kühnen Welteneroberin. Ehefrau einer bodenverhafteten Pilotin namens Toni und Serviersklavin eines akinetischen Kartäuserkaters.

Weil sie Lyrik mehr als alles andere liebte – von Toni und Anselm einmal abgesehen –, hatte sie zum Fest einen dünnen Band mit zeitgenössischer Lyrik bekommen. Der lag unangelesen auf ihrem Schoß.

Anselm saß ganz oben auf seinem Kratzbaum und schaute durch das Panoramafenster in die Nacht hinaus. Suse hatte ihn nach Anselm Grün benannt, der kein Kartäuser war, sondern Benediktiner, aber Suse liebte seine Spiritualität. Und seine Gedichte.

Ob *Anselm* ein passender Katzenname war oder nicht, war völlig irrelevant – Anselm hörte ohnehin nur beim Auffüllen seines Napfes, wenn man ihn beim Namen rief.

»Ich glaube, wir sollten …«

»Nein.«

»Du weißt doch gar nicht, was ich sagen will.«

Toni sah von ihrem Buch auf. »Weiß ich wohl. Du willst eine zweite Katze. Bin ich dagegen.«

Suse fand, dass das nichts zu bedeuten hatte. Toni war auch gegen Anselm gewesen. Aber Anselm hatte ihr Herz im Sturm erobert. Nicht wegen seiner bernsteinfarbenen Augen, seines blaugrauen Fells oder seines ruhigen Naturells, nein, weil er vom ersten Tag an Toni als Alpha anerkannt hatte. Egal, ob sie von einer viertägigen Reise oder vom zehnminütigen Sonntagsbrötchenholen beim Bäcker zurückkam, er erwartete sie freudig an der Tür, mit dem Podex wackelnd wie ein Hundewelpe. Und abends lag er ausnahmslos auf ihrer Brust, um sich schnurrend durchkraulen zu lassen. Seine auserkorene Favoritin zu sein, hatte Toni milde gestimmt.

Suse war nicht eifersüchtig. Nur besorgt. Ihr hätte Anselm gereicht, ehrlich, aber – und da biss die Maus keinen Faden ab – Anselm war nicht glücklich. Er wirkte an manchen Tagen regelrecht wie sediert. Hatte keine Lust zum Spielen. Sah nur reglos aus dem Fenster. Voll depri.

Das konnte so nicht weitergehen!

*

Schicksal, Suse glaubte fest daran.

Zufall war es jedenfalls nicht, der sie zwischen den Jahren spätnachmittags in einem Hauseingang Zuflucht vor einem abrupt einsetzenden Eisregenschauer suchen ließ, auf halber Strecke vom Supermarkt nach Hause. Nass bis auf die Knochen umklammerte sie die Stofftragetasche, deren abgenutzter Griff unter dem Wasseransturm nachgegeben hatte und gerissen war.

Der Regen ließ schon nach – und Suse hoffte, dass sie es trotz Blitzeis auf dem Gehweg nach Hause schaffen würde –, als sie ein klägliches Miauen hörte.

Sie gehörte nicht zu jenen Menschen, die einen Hilferuf ignorieren konnten.

Hinter einer überquellenden Mülltonne fand sie ein völlig durchweichtes Fellbündel. Ein Katzenjunges. Mit mehreren blutenden Wunden. Die nicht nach einem Revierkampf aussahen. Wofür das Kleine auch noch viel zu jung war.

Suse hielt sich für einen friedliebenden Menschen, aber bei Tierquälerei hörte es bei ihr auf. Sie stellte die Tüte ab, arrangierte Haferflocken, Linsen und Vollkorntoast so, dass eine Lücke entstand, und setzte das Kätzchen hinein.

»Ich bringe dich in Sicherheit«, hauchte sie.

Zu Hause bereitete sie ein lauwarmes Waschbeckenbad vor. Sie nahm dem Kätzchen das Halsband ab und setzte es vorsichtig ins Wasser. Gebrochen hatte sich das Kleine offensichtlich nichts, und die Wunden waren nicht tief und hatten schon aufgehört zu bluten.

»Gleich morgen früh bringen wir dich zum Tierarzt. Jetzt machen wir es dir erst mal hier gemütlich.« Suse sah zu Anselm, der in der Tür zum Bad saß. Als fleischgewordene

Grumpy Cat. Eigentlich hätte Suse gedacht, dass er sich über eine Mini-Ausgabe seiner selbst freuen würde. Oder wenigstens neugierig wäre. Aber nein. Er wirkte alles andere als begeistert.

Umso begeisterter schien das kleine Kätzchen. Es fraß wie ein Weltmeister und schmiegte sich anschließend in Suses Armbeuge, als wäre das immer schon sein Hort der Glückseligkeit gewesen.

»Was ist das?«, fragte Toni, als sie nach ihrer Spätschicht nach Hause kam.

Sie meinte nicht das Kätzchen. Toni erkannte einen Stubentiger, wenn sie einen sah. Stattdessen hielt sie das Halsband des fremden Kätzchens hoch, das sie auf dem Schuhschrank in der Garderobe gefunden hatte.

»Der Kleine wurde mit etwas Scharfem malträtiert«, sagte Suse und hielt den Neuankömmling so, dass man den Schorf sehen konnte. »Ich habe ihn im Regen gefunden. Blutend. Ich konnte ihn unmöglich zurücklassen.«

»Aber musstest du ihm gleich ein Halsband kaufen? Ich warne dich: ich will keine zweite Katze.«

Das Halsband war tatsächlich nigelnagelneu. Mit einem silbernen, kugelförmigen Anhänger. Dafür hatte Suse vorhin gar keinen Blick gehabt.

»Das trug er schon, als ich ihn fand. Wenn da der Name des Besitzers drinsteht, verklag ich den sofort wegen Tierquälerei!«

Toni öffnete den Kugelanhänger. Sie fand wirklich ein Blatt Papier darin.

»Keller. Mühlteichstraße 2«, las sie ab. Und stutzte. »In unserer Stadt gibt es keine Mühlteichstraße.«

Suse schürzte die Lippen. »Vielleicht wurde er irgendwo von Tierquälern gekidnappt und hier aus dem Auto geworfen?«

»Möglich wär's.« Toni knüllte den Zettel zusammen und deponierte ihn im Papiermüll. Dann setzte sie sich auf die Couch, betrachtete den kleinen Kater und schüttelte den Kopf angesichts solch perfider Grausamkeit. »Schlimm, ganz schlimm! Aber er bleibt trotzdem nicht hier.«

Sie sah streng zu Suse und dem Kleinen.

Anselm, der es sich auf ihrer Brust bequem gemacht hatte, guckte ebenfalls streng. Nicht nur in diesem Punkt waren sie sich einig.

*

»Er ist nicht gechippt. Soll ich das nachholen?«

Tierarzt Doktor Sauter hatte den Kleinen gründlich untersucht. Bei den Wunden tippte er auf Rasierklingen.

Suses Schleusen öffneten sich. Rasierklingen!

»Ja, bitte. Und geben Sie ihm alle Impfungen, die er braucht.«

In Suse reifte ein Entschluss. Anselm brauchte einen Spielgefährten, und das Kätzchen brauchte Sicherheit.

»Ich werde ihn Gernhardt nennen.«

*

Toni zu überzeugen, war letzten Endes kein Ding. Toni liebte Suse und wollte sie glücklich sehen. Außerdem war Toni zwar keine große Freundin von Gedichten, aber sie liebte Robert Gernhardt. Insofern war die Benamsung des neuen Mitbewohners ein kongenialer Geniestreich.

Ganz anders sah es da mit Anselm aus. Anselm hielt Gernhardt für einen Reviereindringling und konnte ihn nicht ausstehen.

Was sich schon tags drauf zeigte. Gernhardt fühlte sich augenscheinlich »angekommen« – seine Lebensgeister erwachten, und er wollte herumtollen und spielen.

Anselm nervte das. Er fauchte Gernhardt regelmäßig weg. Und wenn der nicht gleich auf Abstand ging, fuhr er auch schon mal zackig eine Pfote aus.

»Anselm!«, schalt Suse jedes Mal. Aber sie schalt nachsichtig. Man musste den Tieren ihr eigenes Timing, ihren eigenen Rhythmus erlauben. Nur ein paar Tage, dachte Suse, dann haben sie sich aneinander gewöhnt.

Sie fuhren über Silvester in die kleine Waldhütte, die Tonis Tante gehörte. Weit weg von Böllern und Knallkörpern. Gernhardt schlief viel, und Anselm kapselte sich fernab von Zuhause immer ein. Darum war nicht gleich offensichtlich, was nach ihrer Rückkehr in der ersten Januarwoche evident wurde: Für die fehlende Brüderliebe zwischen Anselm und Gernhardt spielte der Faktor Zeit keine Rolle. Die beiden konnten einfach nicht miteinander. Basta.

Die nächsten Wochen gestalteten sich horrend. Der Lärm – wenn Anselm fauchte oder Gernhardt auf der Flucht polterte – war noch nicht einmal das Schlimmste.

Aber wenn Gernhardt mit großen, feuchten Augen in der Ecke saß und nicht verstand, warum Anselm nicht mit ihm spielen wollte, zerriss es Suse das Herz. Nach albtraumhaft bösen Menschen nun ein gefühlloser Mitkater.

»Ich glaube, wir brauchen professionelle Hilfe«, sagte Suse zu Toni.

»Wenn du meinst.« Toni hielt sich da raus.

»Ich hatte so gehofft, dass Anselm Gernhardt als kleines Brüderchen akzeptiert.«

»Tut er doch vielleicht. Ich habe meinen Bruder auch immer bis aufs Blut gepiesackt.«

*

Der Mann fiel Suse an einem Freitagabend Ende Januar auf. Sie kam spät von einer Lyriklesung zurück. Er stand auf der anderen Straßenseite. Er wirkte nicht bedrohlich. Sie wunderte sich nur, dass jemand an einem stürmisch-kalten Winterabend auf der Straße wartete, statt in der Kneipe daneben oder wenigstens windgeschützt im Bus-Wartehäuschen. Aber sie verschwendete keinen weiteren Gedanken an ihn.

Am Samstagnachmittag, als Toni beim Sport war, klingelte es.

Anselm hatte Gernhardt gerade vom Kratzbaum geschubst. Genauer gesagt, hinunterkatapultiert. Was für ein Glück, dass Katzen immer auf allen vieren landen.

Weil es oben an der Wohnungstür klingelte, nicht unten an der Haustür, dachte Suse, es sei Frau Bachmann von nebenan, die am Wochenende manchmal Selbstgebackenes vorbeibrachte. Suse schloss die Wohnzimmertür, damit keiner der beiden Jungs herauskam. Anselm hasste Besuch und war nie neugierig. Aber bei Gernhardt war sie noch nicht sicher, ob er sich nicht an ihre Fersen klebte und dann in den Flur lief. Oder dem Besucher die Krallen in die Wade schlug.

Es war der Mann vom Vorabend.

Er trug denselben Mantel wie zuvor– einen gefütterten, beigen Trench. Und er lächelte einnehmend. Suse fand ihn nett. Bis er sagte, was er wollte.

»Entschuldigung, wenn ich störe. Ich habe mich durch die ganze Nachbarschaft gefragt. Es hieß – also die Dame in der Erdgeschosswohnung neben dem Aufzug meinte, Sie hätten neulich eine Katze gefunden. Ich wollte nur sichergehen, dass es die kleine Katze ist, die mir am Freitag nach Weihnachten entwischt ist. Sie war verletzt, und ich wollte sie zum Tierarzt bringen. Aber sie hat sich freigestrampelt und ist weggelaufen.« Er legte die rechte Hand auf die Brust. Dort, wo sein Herz pochte. »Der Gedanke, dass sie da irgendwo mutterseelenallein in der Kälte ausharren muss, ist mir unerträglich. Es war der Freitag, an dem es so furchtbar geschüttet hat, erinnern Sie sich?«

Er lächelte. Es war das Lächeln eines Mannes mit einem großen Herzen. Ein sympathisches Lächeln.

In jedem anderen Fall wäre Suse dahingeschmolzen.

In diesem Fall jedoch sah sie die Tätowierung auf seinem linken Handrücken. Eine Rasierklinge.

Ihr Misstrauen schoss ins Unermessliche.

»Sie wollen die Katze behalten?«, fragte sie.

»Gott bewahre«, platzte es aus ihm heraus. »Ich meine, das geht leider nicht. Ich bin allergisch. Ein Freund, der das nicht wusste, hat sie mir geschenkt. Aber sie hatte … äh … ich habe ihr ein Halsband umgelegt, um sie an die Leine zu legen. Damit sie auf dem Weg zum Tierarzt nicht davonhuschen kann. Und prompt ist sie mir in dem Moment entwischt, als ich die Leine am Halsband festmachen wollte. Dumm gelaufen.« Er zuckte mit den Achseln.

Suse lachte übertrieben hell auf. »Wirklich dumm gelaufen.« Was er nicht wusste: Es war ihr falsches Lachen.

Sie überlegte noch, wie sie ihn in Gewahrsam nehmen konnte, bis die Polizei eintraf – und ja, die würde sie rufen –, da sagte er: »Das Halsband können Sie gern behalten. Aber den Anhänger hätte ich gern wieder. Er ist ein … Erinnerungsstück.«

»Selbstverständlich«, bot sie sofort an. »Das ist gar kein Problem. Ich hole ihn.«

»Danke schön. Wirklich zu freundlich.«

»Einen Moment bitte, ich bin sofort wieder zurück«, sagte Suse und schloss die Wohnungstür.

Suse sah so aus, wie man sich eine Frau vorstellte, die Lyrik liebte. Und Katzen. Und die an die Harmonie des Universum glaubte. Zart. Liebreizend. In Pastelltönen. Er war nicht eine Sekunde lang misstrauisch.

Sie ging zum Telefon und wollte gerade den Hörer abnehmen, als ihr der Gedanke kam, dass sie ja keinerlei Beweise gegen den Mann hatte. Er würde natürlich alles leugnen, und die Polizei würde sie auslachen. Aber … wenn er extra wegen des Halsbandes die komplette Nachbarschaft abklapperte, dann musste der Inhalt des Anhängers sehr wichtig sein.

Keller, Mühlteichstraße 2. War er wegen dieser Adresse hinter dem Anhänger her?

Na warte, dachte Suse. Nur kurz überlegen: War Keller ein Nachname oder ein Standort?

Sie beschloss, auf Nummer sicher zu gehen, und schrieb: *Keller, Bahnhofstraße 4* auf einen Zettel, faltete ihn und steckte ihn in den Anhänger.

»Hier bitte«, sagte Suse zu dem Mann, als sie ihm die Silberkugel reichte. Und bedachte ihn mit einem harmlos-lieblichen Lächeln.

*

»Das hätte auch ganz anders ausgehen können!«, schimpfte Toni am selben Abend. Und noch mal eine Woche später, als sie in der Online-Ausgabe ihrer Tageszeitung lasen, dass es im Nachbarort eine Schießerei gegeben hatte. In der Bahnhofstraße.

In der Nacht auf Montag seien zwei Männer, die den Keller eines Hauses in der Bahnhofstraße aufgebrochen und durchsucht hatten, auf frischer Tat von der Polizei ertappt worden. Es sei sofort zu einem Schusswechsel gekommen. Amerikanische Verhältnisse! Ein Security-Mann hatte verdächtige Vorgänge gesehen und die Behörden informiert. Bei den Männern handele es sich um gesuchte Bankräuber. Ein dritter Mittäter sei kurz vor Weihnachten ermordet aufgefunden worden. Die Beute blieb verschwunden.

»Stell dir vor, keiner hätte den Einbruch mitbekommen. Dann hätten sie gemerkt, dass das Geld nicht dort ist, und wieder vor unserer Tür gestanden! Das war dumm und gefährlich!« Toni wurde laut. Sie wurde nur laut, wenn sie Angst hatte.

Suse gab ihr einen Kuss auf den Scheitel. »Sie wurden aber entdeckt und überwältigt. Alles ist gut.«

Das Schicksal meinte es gut mit ihr. Sie würde ein Gedicht darüber machen.

Heiligabend. Jetzt.

Anselm und Gernhardt kuscheln einträchtig auf der riesigen Räkelcouch unter der selbst gehäkelten Decke. Gernhardt tretelt Anselms Altherrenbäuchlein. Anselm schnurrt.

Im Radio läuft »*Last Christmas*«. Suse braut Glühwein. Und Toni schmückt die riesige Nordmanntanne in ihrer neuen Penthousewohnung. Wohlige Weihnachtsidylle pur.

Nein, sie waren nicht selbst in die Mühlteichstraße 2 gefahren und hatten im Keller nach der Beute aus dem Bankraub gesucht. Sie hatten die Information an die Polizei weitergegeben und von der Bank eine stattliche Belohnung erhalten. Zusammen mit Tonis Bausparvertrag hatte es zu einer Eigentumswohnung gereicht.

Suse und Toni waren glücklich.

Aber wichtiger noch: Anselm und Gernhardt waren es auch!

Wohlige Weihnachtsidylle pur.

GABRIELA JASKULLA
Kleine Schneekatze

Ich habe das kleine Biest nicht gleich gesehen. Nicht beim ersten und auch nicht beim zweiten und dritten Mal. Wenn man in so einen Laden kommt, achtet man ja vor allem auf die Einrichtung. Ist es ordentlich hier? Wie viele Arbeitsplätze gibt es? Haben die noch UV- oder schon LED-Lampen? UV-Lampen können Krebs verursachen, heißt es. Was tut man nicht alles, um gepflegte Hände zu haben. Hast du die Nägel schön, hast du dein Leben unter Kontrolle. Das neue Nagelstudio in Wilmersdorf liegt an meinem Weg zur Arbeit. Ich bin misstrauisch beim ersten Besuch, denn ich habe schon die unglaublichsten Dinge erlebt, Hygiene und so. Hier scheint aber alles in Ordnung auf den ersten Blick. Nicht zu viele, aber auch nicht zu wenige Arbeitsplätze. Bei vielen ist es eine Schnellabfertigung. Da kannst du froh sein, wenn du hinterher noch alle Finger an der Hand hast, so grob gehen die vor. Zu wenige Arbeitsplätze sind auch nicht gut, denn dann betreibt wahrscheinlich so eine Mutti den Laden als Hobby. Die hat einen dreimonatigen Schnellkurs in Nageldesign gemacht und wird dann auf die Menschheit losgelassen. Dafür jammert sie ab dem zweiten Besuch über ihren Mann, der nie da ist – ihr aber den Laden bezahlt hat –, und ab dem dritten Mal zeigt sie ungefragt Kinderfotos.

In diesem Laden: sechs Tische, vier davon besetzt. Das Mobiliar weiß in weiß, ordentliche Hand- und Armablagen und, ganz wichtig, Staubabsaugungen. Natürlich möchte ich selbst auf keinen Fall in so einer Staubwolke sitzen, für die Angestellten ist das ebenfalls sehr unangenehm, selbst wenn sie behaupten, es mache ihnen nichts aus. Hier aber brummen die kleinen Staubabsaugungen unter den Arbeitsflächen vor sich hin. Gutes Licht: hell und böse. Das muss sein. Nur so kann genau gearbeitet werden. Und es muss genau gearbeitet werden, supergenau, schließlich heißt es Nailart.

Ich schaue mich um und reibe gegen die Kälte die Hände aneinander. Alles picobello – bis auf den kleinen weißen Wischmopp, der eben noch auf dem Empfangstresen lag. Kann ja mal passieren, dass man den vergisst – aber jetzt? Weg. Muss mich wohl verguckt haben!

Eigentlich ist die gute alte Maniküre längst zu einer Art Handwerkskunst geworden. Und dazu kommt das Kosmetische, nicht umgekehrt. So ist das nun mal, wir sind alle eitel, bis ins Grab. Meine Mutter selig hat sich noch im Pflegeheim die Nägel machen lassen. Von einer polnischen Friseurin, die auf Puderrosa stand. Na ja, für meine Mutter war's egal, sie war fast blind, sie konnte die Bonbonfarbe auf ihren gekrümmten Nägeln kaum sehen, aber sie strich mit dem Zeigefinger der einen Hand über die Nägel der anderen und freute sich, wie glatt und gleichmäßig alles war.

Ich nehme zum Warten in einem überdimensional großen und überdimensional weichen Sessel Platz. Auch hier lag doch eben noch ein kleiner Wischmopp. Seltsam, muss ich mich wohl wieder verguckt haben.

Die Empfangsdame serviert Tee in einer geschliffenen Tasse, das ist ungewöhnlich, meistens gibt es Kaffee aus Bechern oder gleich einen Prosecco. Zack! Schon wirft mir eine der jungen Angestellten einen Nailart-Tipps-Ring in den Schoß, eine Art großen Schlüsselring, an dem lauter Farbproben in Nagelform hängen, zum Dranhalten und Ausprobieren. Ich sortiere, schlürfe möglichst geräuschlos den wohltuenden Malventee und beobachte aus dem Augenwinkel die Kosmetikerin, die mich gleich behandeln wird. Sie bereitet den Arbeitsplatz vor. Sie richtet die Trockenlampen in den kleinen Schächten, sie sortiert Pinsel und Zeletten, sie kramt eine Flasche aus einer Schublade und sprüht Feilen und Buffer mit Desinfektionsspray ein, sortiert die Pens, Holzstäbchen und Cleaner. Nach all den Jahren kenne ich mich aus. Und ich habe alles im Blick. Hat sich da etwas bewegt, hinter der jungen Angestellten? Huschte da irgendetwas Weißes?

Ich werde an den Tisch links außen gebeten. In der Ecke steht ein Zimmerbrunnen, geformt aus einem Fantasiebaum mit weißen Blüten, aus denen unaufhörlich Wasser in kleine Schalen rinnt. Aha, daher das weiße, vermeintliche Huschen. Es war wohl doch eine Täuschung.

Feng-Shui!, sagt meine Behandlerin lächelnd und stellt sich dann vor: Andriana.

Andriana? Mit N vorne? Sie nickt. Ich versuche, ein Gespräch zu beginnen, aber Andriana nickt nur oder antwortet knapp. Osteuropäischer Akzent, merke ich. Polin vielleicht? Oder Rumänin? Ich kenne mich nicht so genau aus, ich weiß nur, dass Nagelstudios Hungerlöhne zahlen und dass dort meist junge Frauen aus Asien oder aus osteuropäischen Ländern arbeiten.

Andriana streift sich pinkfarbene Plastikhandschuhe über, zieht die Maske über Mund und Nase fest, nickt mir aufmunternd zu und beginnt.

Ich entspanne mich oder versuche, mich zu entspannen. Ich weiß nichts über die junge Frau mir gegenüber. Dunkle Haare, Mittelscheitel, glitzernde Ohrringe. Die Augen sind am unteren Lidrand leicht gerötet, kein Wunder bei dem Job. Andriana arbeitet schweigend. Mein Blick schweift ab. Oben an der Wand hängt ein riesiger Monitor. Und darauf laufen in Endlosschleife quietschbunte Bilder von den begehrtesten Urlaubsdestinationen weltweit. Drohnenaufnahmen allesamt, knallblau, schreiend grün, kreischend gelb, mir wird ganz schwindlig von diesem Quirl aus Malediven und Fuerteventura und Bali – und war das nicht eben Friesland? Ich reibe mir mit der Hand, die gerade frei ist, kurz über die Augen. Was ist das? Oben auf dem Monitor hockt etwas. Ein Tier! Eine … Katze! Ein weißes Fellknäuel mit leuchtend grünen Augen. Ich will Andriana darauf aufmerksam machen, aber sie greift geschickt nach meiner gestikulierenden Hand und sagt:

Jetzt rechte!

Die gleiche Prozedur von vorn an der rechten Hand. Und dann beginnt der nervigste Teil, in dem Andriana mit der Geduld eines Zen-Mönchs Nagelhaut zurückschiebt und zupft und schneidet und noch mehr zupft und korrigiert … Ich habe die Katze fast schon wieder vergessen, äuge nur gelegentlich hinauf – aber plötzlich ist sie schon wieder verschwunden. Vielleicht habe ich mich doch getäuscht?

Ein Nagelstudio ist keine Wohlfühloase, es fräst und zischt, es schleift und feilt. Und dazu die Gerüche! Desinfektion und Cleaner, Aceton und Öle. Da kann einem schon mal schwummrig werden. Und dazu dieses Geflimmer von den Drohnenaufnahmen! Da würde doch jedes Tier die Flucht ergreifen.

Dann wird meine Behandlerin gesprächig. Die junge Frau am Tisch nebenan hat sie etwas gefragt, und sie antwortet rasch in einer für mich unverständlichen Sprache und reicht ihr eine kleine Bürste. Die Bürste hat einen bunten Einhornaufsatz und sieht aus, als gehöre sie einem fünfjährigen Mädchen. Gekicher springt von Tisch zu Tisch. Etwas streift an meinem Bein entlang. Ich zucke so heftig zusammen, dass ich aus Versehen die Hand wegziehe, aber Andriana lacht und sagt:

Kit! Und dabei streicht sie sich mit der einen Hand wiederholt über die andere.

Kit?, frage ich unsicher. Katze?

Andriana nickt: *Da, da.*

Also doch: eine Katze. Und: Andriana ist Russin. Oder kommt jedenfalls aus einer Gegend, in der man Russisch spricht. Ich frage sie. Sie wiegt den Kopf hin und her, schaut mich über den Rand ihrer Maske aufmerksam an, als überlegte sie, was sie mir zumuten kann, um schließlich zu sagen:

Ukrainska. Ukraine.

Entschlossen greift sie über die Armablage und zieht meine Hände wieder zu sich, eine nach der anderen, um weiterzuarbeiten. Genug geredet, denkt sie offenbar. Wenn sie nun mit der feinsten Fräse die Nagelkante bearbeitet, bildet sich zwischen ihren Augenbrauen eine steile Falte. Andriana ist zu jung für solche Falten, denke ich. Wieder fragt eine Kollegin etwas, diesmal von der anderen Seite. Andriana antwortet länger. Die beiden Frauen lachen. Dann wendet sich Andriana wieder mir zu:

Entschuldigung!

Und fährt fort: Kollegin aus Moldawien.

Ich strenge mich an, um zu verstehen. Woher sie kommen. Was sie unterscheidet. Und verbindet. Die Frauen erklären, indem sie sich gegenseitig mit Sätzen aushelfen, mit Wörtern. Währenddessen sehe ich schon wieder die weiße Katze. Sie sitzt am Feng-Shui-Brunnen und schlägt mit einer Tatze spielerisch nach dem rinnenden Wasser. Pitsch! Immer genau so kräftig, dass es spritzt, aber so leicht, dass es kein Aufsehen erregt. Raffiniertes Tier! Ich beschließe, sie nicht zu verraten. – Das hier ist ein ukrainischer Laden, erfahre ich. Er gehört Ludmila, das ist die Frau am Tresen; sie ist gleich nach Beginn des Krieges nach Berlin gekommen und hat diesen Laden aufgemacht. Ludmila ist eigentlich Betriebswirtin, aber das interessiert hier niemanden. Sie hat nach und nach die anderen Frauen eingestellt: Frauen aus der Ukraine, aus Moldawien, dazu Weißrussinnen, Ungarinnen. Die gemeinsame Sprache ist Russisch. Und Russisch sprechen auch die meisten Kundinnen. Ich bin hier das Weißbrötchen, so nennt man die Deutschen. Als Weißbrötchen fühle ich mich aber nur vorübergehend unwohl, es ist eigentlich ganz angenehm, kaum etwas zu verstehen, in diesem Sprachgesumm zu sein und zu entspannen. Andriana bedeutet mir mit Gesten, was zu tun ist, dirigiert sanft meine Finger und Hände.

Weiter, weiter!

Scherzend klatscht sie in die Hände, was die Katze vom Brunnen vertreibt

Primer wird aufgetragen. Warten. Dann die erste Lackschicht. Warten! Vorsichtig! Das Perlmutt in meinem edlen Nude-Ton ist heikel, ich weiß das, Perlmutt ist für Fortgeschrittene.

Andriana zeigt mit einem Lächeln, dass es Zeit ist für den kleinen Schacht mit den trocknenden LED-Lampen, sie, nicht der Timer am Gerät, bestimmt, wann es genug ist. Jede Nageldesignerin hat ihren eigenen Rhythmus, geht nach einer inneren Uhr vor, die nur sie versteht, und doch gibt es eine Art Aufsicht: Als Andriana erneut den Blick zum Himmel wirft, folge ich ihr mit den Augen und sehe, dass ihr vermeintlich frommer Blick keineswegs den Engeln gewidmet ist, sondern einer großen Uhr, die da oben hängt und alle mahnt. Fehlte nur, dass die Uhr tickt, aber man würde sie ohnehin nicht hören zwischen Wohlfühl-Musik, Abluftrauschen und dem Summen der Geräte. Eine wohlige, alles umfassende Passivität macht sich breit, während ich ergeben auf die sinnlose Filmprojektion starre, auf die blauen, grünen, sonnengelben Bilder, Palmen, Ozeanwellen und Sandstrände. Wie halten die Frauen das den ganzen Tag aus? Während bei ihnen zu Hause die Drohnen fliegen und Sirenen gellen? Belastet es sie nicht? Macht es sie nicht verrückt? Sie sind höflich, höflich und diskret und machen ihren schlecht bezahlten Job.

Ein gellender Schrei hallt plötzlich durch das Nagelstudio. Alle halten erschrocken inne. Dann öffnet sich eine Tür weit hinten, das winzige Wesen aus weißem Fell schießt heraus und schlittert auf kleinen Pfötchen um die nächste Ecke, gefolgt von einem roten Plüschpantoffel, der es nur knapp verfehlt. Die Katze. Schon wieder. Aber was war da hinten?

Fußpflege, bedeutet mir Andriana. Da hinten sind Kabinen zur professionellen Pediküre, und irgendwie schafft es die neugierige kleine Katze immer wieder da hinein, obwohl das streng verboten ist.

In der Tür taucht jetzt eine Frau auf. Eine Figur wie ein Baumstamm, die schwarzen Jeans hochgekrempelt, an einem Fuß einen roten Plüschpantoffel.

Da soll mich doch einer …!

Die Frau lacht und angelt nach dem zweiten Pantoffel, der im Gang liegt. Unsere Blicke treffen sich. Die Frau, auf einem Bein balancierend, um sich den verlorenen Pantoffel überzustreifen, nickt mir zu:

Ich bin die Heike von gegenüber!

Sie wartet keine Antwort ab, sondern schlurft zurück in die Kabine und schließt die Tür hinter sich.

Andriana tippt sanft auf meinen Arm. Ich wende mich ihr zu. Wieder der Blick zum Himmel, wer weiß, vielleicht betet sie doch, denn die dritte Lackschicht hat es in sich. Die ist entscheidend. Andriana trägt die Farbe mit flinken Pinselstrichen auf, dirigiert meine Hände in den Trockner, nur kurz, um dann mit einem haarfeinen Pinsel winzige Striche in die noch feuchte Lackschicht zu ziehen: Lichteffekte. Das gibt den richtigen Schimmer. Und wieder zu den LED-Lampen und wieder warten und wieder und wieder.

Heike aus der Fußpflege taucht erneut auf, diesmal mit beiden Pantoffeln an den Füßen. Sie schlappt zu uns, legt mir vertraulich die Hand auf die Schulter:

Hamse sich erschrocken, wa? Kann ich verstehen. Kommense doch nachher rüber aufn Brötchen. Ich hab die besten von Wilmersdorf.

Und schon ist sie weg.

Andriana zuckt lächelnd die Schultern.

Es stimmt. Heikes Brötchen sind die besten im Kiez. Davon kann ich mich eine halbe Stunde später selbst überzeugen. Ich schmecke es, obwohl meine Hand nach Lack riecht und nach der billigen Handcreme, mit der Andriana zum Abschluss meine heißen Hände massiert hat. Beim Bezahlen habe ich mich noch mal nach der Katze umgesehen, sie aber nicht entdeckt.

Kit fort, sagt Andriana, die meinen Blick richtig deutet. Sie zuckt mit den Achseln: Macht, was sie will. Eben – Katze.

Die Kühle an Heikes Stullenstand tut gut nach der Hitze des Salons, die Brötchen sind frisch und duften nach Sauerteig. Heike hat zu tun. Ihr Imbisswagen parkt zweimal wöchentlich hier an der Ecke, die Leute stehen Schlange, sogar jetzt, im Oktober, im Regen.

Schöne Nägel, sagt Heike und zwinkert mir zu. – Was an mir gemacht ist, kann ich ja schlecht zeigen, sagt sie und tanzt einen spielerischen Rhythmus in ihren Stiefeln.

Von da an wird es ein kleines Ritual. Ich sehe zu, dass ich meine Termine in Ludmilas Salon an einem Mittwoch bekomme, immer mittwochs behandelt mich Andriana, und hinterher esse ich ein Brötchen bei Heike, auch, als es draußen kälter wird und Heike erst Heizpilze aufstellt und dann bunte Weihnachtsbeleuchtung an ihrem Wagen anbringt. Statt Kaffee gibt es jetzt Glühwein. Der verträgt sich erstaunlich gut mit den Brötchen.

Dann ist Andriana eines Tages weg. Ludmila, die Chefin, erklärt, das sei normal so, die jungen Frauen nutzen den Job im Laden als Sprungbrett, nur ein paar Wochen oder Monate, dann sind sie fort, zum Studium in Wien oder einem Mann hinterher nach Düsseldorf.

Was denkst du, ist besser?, fragt Ludmila mit einem wehmütigen Lächeln.

Manche fahren auch zurück in die Heimat. Die Eltern. Der Verlobte. Das Heimweh.

Und du, Ludmila?

Ich habe den Laden, sagt Ludmila und weist mit der Hand umher. – Ist alles meins.

Und die Katze?

Ist eine ukrainische Katze, sagt Ludmila rasch, dann schweigt sie.

Ich kann Stille gut aushalten, also warte ich.

Die Katze, sagt Ludmila endlich, die Katze ist ein ängstliches Tier, angstvoll – und wild.

Sie hat sie aus einem der Bunker mitgenommen, aus der unterirdischen Metrostation in Kiew, in die sich die Menschen vor den angreifenden Drohnen und Bomben geflüchtet haben, natürlich mit ihren Haustieren. Aber nicht alle Haustiere hielten das aus. Viele rissen sich los, zerbissen die Leine oder sprangen auf Nimmerwiedersehen aus ihren Körben. So fand Ludmila eines Nachts die völlig verängstigte, verdreckte weiße Katze. Da sich kein Besitzer ermitteln ließ, nahm sich Ludmila der geschwächten Katze an, päppelte sie auf, und am Ende landeten beide in Berlin – Ludmila und Snizhynka.

Snizhynka, wiederhole ich.

Kriegskatze, sagt Ludmila, und für einen Augenblick denke ich, das sei tatsächlich die Bedeutung des Namens, aber dann wedelt Ludmila mit den Händen, zeigt etwas Leichtes, Feines, das vom Himmel rieselt. Ich verstehe:

Snizhynka bedeutet Schneeflocke.

Und genau in diesem Augenblick beginnt es zu schneien.

Es wird ein früher Winter in Berlin, ein Vorweihnachtswinter, wie es ihn lange nicht gab, und die geschäftstüchtige Heike verkauft neben den Brötchen neuerdings Printen und Lebkuchen. Im Nagelstudio dimmen sie das Licht und bringen überall kleine LED-Lichte an, die Kerzen simulieren, und Plastikzweige, die Tannen darstellen sollen, und dazwischen stolziert die kleine Katze umher. Sie ist mutiger geworden, aber auch unduldsamer. Geschickt schlängelt sie sich um all die Fläschchen und Tinkturen auf den Ablagen, sie klettert auf die Regale und windet sich an den Dekorationen vorbei, kein Tiegel, keine Vase und kein Glas kommen dabei in Gefahr. Von Zeit zu Zeit hält sie inne, wie jemand, der etwas sucht, aber vergessen hat, was es ist – und dann miaut sie zum Gotterbarmen. Dass es nicht mehr so neonhell ist im Laden, scheint ihr zu gefallen, doch sosehr sie schnüffelt an den Ästen und Zweigen – sie kann ihnen kein Aroma entlocken. Ratlos dreht sich Snizhynka immer wieder um: Was ist falsch? Was stimmt hier nicht? Schließlich springt sie in einem eleganten Bogen wieder auf den Boden, und dort geht die Suche weiter, auch jetzt kommt das Tier nicht zur Ruhe. Man kann es an ihren zurückgelegten Ohren erkennen, am Schwanz, der über den blitzsauberen Boden fegt: Das alles ist ihr nicht geheuer. Und dann, wenn die nächste Kundin in der Tür erscheint, geht ein blitzschnelles Zucken durch den Katzenkörper, sie wendet auf der Stelle und rast in die Kabine, auf der »Pediküre« steht. Eine Weile nehme ich an, dass es dort vielleicht wärmer oder behaglicher ist als im Salon oder dass Snizhynka auf Füße steht, doch die Erklärung ist viel einfacher.

Hat Fenster, sagt eines Tages ungefragt meine neue Behandlerin, als ich der davonhuschenden Katze hinterherschaue.

Die Kabine ist zum Innenhof gelegen, und hier ist das einzige Fenster des Salons, das sich öffnen lässt. Allerdings verhindert ein feines, schmiedeeisernes Gitter jede Flucht. Snizhynka steht auf dem Fensterbrett, presst die Nase an das Gitter und klagt. Im Hinterhof sieht man ein paar Schneeflocken fallen.

Kurz vor Weihnachten feiern wir im Salon, die Stammkundinnen und die Angestellten, Ludmila hat alle eingeladen. Es gibt harte Eier und falschen Kaviar, echten Schampus und viele kleine Sandwiches, die Heike auf mehreren Tabletts heranbalanciert. Heike trägt eine Weihnachtsmannmütze, auf der »Peace« in Regenbogenfarben steht.

Auf dem Monitor flackert neuerdings ein künstliches Kaminfeuer, aus den Lautsprechern macht sich der Popmusik-Sender des Viertels bemerkbar. Alle reden durcheinander, und wie üblich verstehe ich nichts, wenn mich die Frauen, nach ein paar höflichen Sätzen in halbem Deutsch, gleich wieder vergessen. In ihren einfachen Pullovern und Kleidern halten sich die Frauen kerzengerade wie Königinnen. Kunstvoll haben sie die jungen Augen geschminkt, die Haare mit viel Spray und Wachs frisiert, auf den Wangen und in den Dekolletés glitzert Strass. Heute kommen sie mir allesamt größer, hochgewachsener vor. Das liegt daran, dass ich sie sonst nur im Sitzen sehe, zusammengekrümmt auf ihren Behandlungshockern; zudem tragen alle außer mir High Heels, weiße, rosafarbene oder silberne Stilettos. An der Garderobe stapeln sich die Winterstiefel, aus denen sie beim Eintreten geschlüpft sind. Ich schaue genauer hin: Die Stiefel bewegen sich! Ich hätte es mir denken können: Snizhynka steht doch auf Füße! Zumindest steht sie auf Schuhe, denn so selbstvergessen und sicher habe ich die kleine Katze noch nie erlebt. Begeistert schiebt sie einen braunen Stiefelschaft hin und her, bis die Öffnung so weit ist, dass sie – fast – hineinpasst. Sie stemmt sich mit den Hinterpfoten gegen den Boden, während sie vorn zieht und kratzt, um schließlich mit einem kleinen, empörten Maunzen aufzugeben. Das habe wohl nur ich gehört. Das nächste Paar Stiefel ist dran. Diesmal jagt sie den regungslosen Stiefel, sie versucht, ihm Beine zu machen, sie nimmt Anlauf, stürzt sich darauf, umklammert den Schaft mit beiden Vorderpfoten, während die Hinterpfoten kräftig dagegentreten, empört, dass der Stiefel keinen Fluchtversuch unternimmt. Zur Strafe beißt sie kräftig hinein …

Na warte! Heike hat gesehen, was ich sehe, und ist mit drei schnellen Schritten bei der Katze. Und die? Haut nicht etwa ab, sondern lässt sich auf den Rücken fallen und hält der resoluten Heike vergnügt das Bäuchlein hin.

Heike lacht, geht in die Hocke, dass der silberne Paillettenrock knirscht, und streichelt los.

Ganz klar: Das machen die beiden nicht zum ersten Mal.

Hast du Spaß? Ludmila ist zu mir gekommen, hält mir

ein Glas Rosé hin; sie macht sich nun wohl doch Sorgen um das einzige Weißbrötchen unter ihren Gästen.

Alles gut, Ludmila, sage ich. – Wohin geht eigentlich die Katze, wenn du Feierabend hast?

Snizhynka?, fragt Ludmila. – Geht nirgendwo hin. Sie bleibt hier über Nacht.

Sie sieht meinen fragenden Blick.

Sie ist eine Kriegskatze. Kommt überall klar. Stille ist für Katze nicht schlimm, nur Lärm.

Ach wirklich?, frage ich.

Mach dir keine Gedanken. Ich habe vorgesorgt für Snizhynka, glaub mir.

Sie legt mir einen Arm um die Schultern: Lass uns feiern. Draußen ist draußen.

Und während sie sich wegdreht: Nicht vergessen – Nägel immer schön einölen!

Sie lacht.

Ludmila entlässt uns gegen halb zwei, und wir müssen ihr helfen, die Schlüssel zu suchen. Eine der Frauen macht einen Rundgang, um überall die Lichter zu löschen, eine andere stellt den Anrufbeantworter ein und die Alarmanlage scharf. Und dann kommt Ludmila von hinten aus dem Aufenthaltsraum der Angestellten und trägt einen Katzenkorb unter dem Arm. Der Korb ist mit einer Weihnachtsgirlande umwickelt, die rot und golden blinkt. Im Korb tritt und faucht es. Ludmila sagt etwas, das beschwichtigend klingt, ich verstehe *zaspok* und etwas wie *moya*, dann noch *malenka*, das heißt Kleine, und *sch-sch*.

Wie aus dem Nichts taucht jetzt plötzlich Heike mit ihrer Peace-Mütze auf, nimmt Ludmila den Korb ab, und wir gehen nach draußen. Ludmila braucht ein paar Anläufe, um den Schlüssel ins Schloss zu bringen. Dann lässt sie das Gitter herunter, tritt langsam ein paar Schritte zurück.

Das war's für dieses Jahr, sagt Ludmila.

Danke, sagt Heike, mit dem blinkenden Katzenkorb unter dem Arm.

Ich habe zu danken, sagt Ludmila. Sie wischt sich eine Träne fort.

Fröhliches X-mas oder so, sagt Heike.

Gesegnete Weihnachten, sagt Ludmila.

Und dann stapft Heike durch den Schnee davon, mit Ludmilas Katzenkorb unter dem Arm und der sich wehrenden Katze darin. Das Blinken wird schwächer, bis es gar nicht mehr zu sehen ist.

Am Nachmittag des zweiten Weihnachtstags mache ich mich auf den Weg zu Heikes Brötchenwagen. Immer am zweiten Feiertag, so hat sie erzählt, öffnet sie ihren Stullenladen. Für die, die Feiertage nicht mögen. Für die, die nicht allein sein wollen oder überhitzte Stuben und die allzu vertrauten Verwandten satthaben. Für Freunde und für zufällige Passanten. Und tatsächlich: An der Straßenecke stapeln sich schon wieder die Leute. Heike hat ein Händchen für ihre Kundschaft! Ihr Wagen ist eine echte Schau. Sie hat alles gegeben. Die Tannenzweige sind echt, und in den Schnee ringsumher hat sie Fackeln gesteckt. Ja, sogar ein paar Heuballen hat sie irgendwo aufgetrieben, und Wolldecken liegen bereit. Es duftet weithin nach Glühwein mit Schuss, der Jazzsender von Radio Berlin gibt alles, und irgendwie hat sie es geschafft, ein Chili vorzubereiten. Ich kämpfe mich zum Tresen vor. Da steht Heike, die Ärmel hochgekrempelt, das Gesicht rot und verschwitzt, und sie trägt einen leuchtenden nikolausroten Elchgeweih-Haarreif. Auch ein paar Armbänder leuchten. Die ganze Frau leuchtet.

Hallo, Süße!

Sie hat mich entdeckt und wedelt mit einem Kochlöffel. – Komm ran, wenn du dich traust! Und guck mal!

Sie weist mit dem Kochlöffel nach oben.

Und dann sehe ich sie. Snizhynka. Sie sitzt selbstbewusst auf dem Dach des Brötchenwagens. Irgendwie hat Heike ihr da eine Art Sitz gebaut, mit Fell ausgeschlagen, natürlich. Und da kauert – nein: thront – die schneeweiße Katze auf ihrem schneeweißen Fell und gähnt in den weihnachtlichen Himmel. Sie gähnt nach Kräften. Sie reckt und streckt sich. Sie steht auf und macht einen imposanten Buckel.

Das soll die schreckhafte Kleine aus dem Nagelstudio sein?

Heike zuckt die Achseln, als könnte sie meine Gedanken lesen: War gar nicht so schwer. Musst nur überlegen, wie du dich mit vierzig Zentimetern Körpergröße fühlen würdest. Wo es dir sicher erscheinen würde.

Noch einen Glühwein? Na, aber gern doch!

Heike wendet sich neuen Kunden zu.

Und ich trete ein paar Schritte zurück und schaue die Silhouette an – den Tresen und das Wagendach, den Fellsitz und die Katze, die sich ein paarmal um die eigene Achse dreht und schließlich hinlegt. Nun ist sie verschwunden in ihrem Fellnest.

Snizhynka, kleine Schneekatze.

Koko!

Ich muss wohl laut gesprochen haben.

Koko, wiederholt Heike laut. – Sie heißt jetzt Koko. Sny-Dings kann ja kein Mensch aussprechen. Noch ’nen Punsch, Süße?

PETRA KLEINERT

Pepe und das Gänseblümchen

Rumms!

Autsch! Das tat weh. Pepe ist mit seiner empfindlichen Samtschnute hart an die Scheibe geknallt. Nur wegen dieser doofen Amsel, die gerade im Vogelhäuschen auf dem Balkon des Nachbars scharrt. Wenn er einen Vogel sieht, vergisst Pepe immer wieder, dass da eine Scheibe ist. Das mag an seinem jungen Alter liegen. Er ist im November ein Jahr alt geworden und verdammt stolz drauf!

Da! Zeternd fliegt diese dämliche Amsel ganz dicht an Pepes Nase vorbei. Den Schnabel voll mit Körnern. Das macht die doch nur, um ihn zu ärgern, da ist sich Pepe sicher.

Heute ist Weihnachten. Was auch immer das heißen mag. Irgendwie hat das mit dem Tannenbaum in der Ecke zu tun, der mit funkelnden Kugeln und Figürchen behangen ist. Mama hat Pepe unter Androhung größter Strafen verboten, sich ihm zu nähern. Auch wenn es ihm schwerfällt, hält er sich strikt daran. Nicht auszudenken, wenn plötzlich sein heiß geliebter Thunfisch zur Strafe gestrichen würde.

Pepe blickt suchend aus dem Fenster. Wo bleibt er denn nun, dieser SCHNEE, den heute alle Menschen so herbeisehnen. Mama hat ihm erklärt, was Schnee ist und dass er ihn lieben würde. Aber Pepe hat sich, wie so oft, von etwas anderem ablenken lassen.

Na egal, nicht sein Problem.

Klirr!! In der Küche ist Porzellan zu Bruch gegangen,

nicht aus Versehen, vermutet Pepe. Er seufzt. Seine Eltern streiten wieder, wie so oft in den letzten Wochen. Er versteht das nicht. Vorher war alles so toll. Alles ganz harmonisch, keine lauten Worte. Außer manchmal, wenn Pepe »aus Versehen« eine Tasse heruntergeworfen hat, die mit heißem Kaffee gefüllt war, da wurde Papa schon mal wütend.

Pepe überlegt. Ob das Streiten mit Papas Abgabetermin zu tun hat? Was auch immer Abgabetermin bedeuten mag … Mama hat gesagt, dass Papa Schriftsteller ist und ganz viele Bücher schreibt. Einige davon stehen in dem großen Bücherregal aus dunklem Holz, das sich in Pepes Fensterscheibe spiegelt.

Überhaupt sind seinen Eltern Bücher sehr wichtig. Mama ist Buchhändlerin. Sie verkauft die Bücher, die andere, zum Beispiel Papa, schreiben.

Und sie liest viel. Pepe liebt es, auf der Armlehne des großen grünen Samtsessel liegend, Mama zu lauschen, wenn sie ihm vorliest. Mama hat eine tolle Stimme. Er versteht zwar nicht alles, aber es klingt schön. Er fängt dann an zu schnurren und döst ein.

Mit einem geschmeidigen Satz springt Pepe von seinem Lieblingsplatz auf dem Fensterbrett hinüber auf den Schreibtisch. Wenn Papa dort arbeitet, muss er ganz leise sein, darf nicht toben und auch sonst keinen Blödsinn machen, weil Papa sonst sofort abgelenkt ist und den wichtigen Gedanken, den er gerade aufschreiben wollte, vergisst. Und dabei macht Pepe doch so gern Blödsinn. Er jagt zum Beispiel den Spiralfedern aus Plastik nach, von denen ungefähr dreihundert schon unerreichbar unter dem Sofa liegen. Gut, dass Mama sie immer nachbestellt.

Apropos Sofa. Das ist Pepes absoluter Feind in seinem Zuhause. Groß, grau und … teflonbeschichtet. Unzerstörbar für Katzenkrallen, wie die Verkäuferin im Möbelgeschäft Mama und Papa versichert hat. Sie hatte leider recht, die Verkäuferin. Also muss er sich am Lieblingssessel seiner Mama schadlos halten, ebendiesem grünen Samtsessel. Es sind zwar einige Kratzbäume in der Wohnung verteilt, aber eine Katze, die etwas auf sich hält, übersieht diese geflissentlich.

Pepe streckt seinen prachtvoll grau-schwarz getigerten Körper und gähnt ausgiebig. Er ist stolz auf sein Aussehen. Dickes Plüschfell, immer säuberlich geputzt und von Papa jeden Tag gebürstet. Sahneweiße Pfoten und ein ebensolches Lätzchen. Das Schönste an ihm ist sein großer runder Kopf, gleichmäßig gezeichnet, mit einer lebhaften Mimik und einigen beigen Farbtupfern drin. Wenn Pepes Aussehen bewundert wird, sagt seine Mama, dass er zu einem Viertel Britisch Kurzhaar sei. Dann staunen die anderen.

Pepes Blick fällt auf den aufgeklappten Laptop. Sofort stellt sich sein schlechtes Gewissen ein. Gestern ist er beim Toben über die Tastatur gelaufen und hat ganz viel von Papas neuem Buch gelöscht. Der wurde so böse wie noch nie: »Das kann doch nicht sein! Du weißt doch, dass du das nicht darfst!! Du kommst ins Tierheim!!!«

Oje, das hat Papa schon öfter gesagt. Im Spaß, wenn er etwas angestellt hat. Aber gestern, das klang plötzlich ganz anders. Musste Pepe sich Sorgen machen??

Doch Mama hat nur mit den Achseln gezuckt und gesagt: »Hast du etwa nicht zwischengespeichert? Wie dumm kann man sein?«

Und dann ging es richtig zur Sache zwischen den beiden. So schlimm, dass Papa erst mal eine Runde Joggen gegangen ist.

Pepe lauscht Richtung Küche. Sie streiten, natürlich! Seine großen kupferfarbenen Augen werden vor Schreck noch größer. Hat er gerade schon wieder das Wort Tierheim gehört? O Gott, hat er es übertrieben??

Mama weint! Pepe hört es ganz deutlich. Sie beschimpft Papa mit tränenerstickter Stimme als unsensiblen Klotz, der sie sowieso nicht verstehe!

Pepe muss an ein Zitat von Lev Tolstoj denken, das Mama ihm aus ihrem Lieblingsbuch *Anna Karenina* vorgelesen hat:

»Alle glücklichen Familien sind einander ähnlich, aber jede unglückliche Familie ist auf ihre besondere Art unglücklich.«

Ist seine Familie unglücklich? Weil Mama und Papa seinetwegen streiten? Ist er schuld?

Pepes Blick fällt wieder zu seinem Fenster.

Gegenüber an der Straßenbahnhaltestelle sitzt ein großer roter Kater. Pepe hat ihn schon oft beobachtet und ihn insgeheim Sammy getauft. Sammy ist megacool. Groß, selbstbewusst und unerschrocken, scheint er der König der Straße zu sein.

Pepe springt wieder auf sein Fensterbrett und macht Männchen an der Scheibe. »Hey Sammy, grüß dich. Was geht?«

Sammy bemerkt Pepe am Fenster im ersten Stock des Altbauhauses und zwinkert ihm zu.

Dann läuft er elegant die Straße entlang und verschwindet aus Pepes Gesichtsfeld.

Wow, er hat mich bemerkt. Muss toll sein, da draußen.

Pepe geht ja immer mal an der Leine mit Papa raus in den Vorgarten. Er war auch schon auf dem großen Baum vor der Haustür. Nur mit dem Runterkommen hat es ein wenig gehapert. Zum Glück hat Papa geholfen und auch nicht gemeckert.

Die Küchentür wird aufgerissen. Mama schießt durch den Flur und zerrt etwas aus dem Garderobenschrank.

Was? Sein Transportkorb? Was soll das denn??

Papa kommt hinterher. Sein Gesicht ist hochrot. Er versucht, sie zu beruhigen. Doch Mama heult und schreit. »Dann fahr ich halt ohne dich ins Tierheim. Wir hatten das doch besprochen!«

Was? Tierheim? Hinfahren? Seine Mama jetzt auch? Seine Verbündete, sein Ein und Alles? Soll er etwa abgegeben werden??? Ausgerechnet an Weihnachten??? Das doch, laut Mama, das Fest der Liebe ist?

Vor Angst spannen sich alle Muskeln in seinem Körper an, er macht einen Buckel und sein Fell sträubt sich, und er schlägt mit seinem Puschelschwanz wild hin und her. Panisch schaut er sich nach einem Versteck um.

Unters Sofa? Passt er nicht.

Hinter die hellgrünen Samtvorhänge. Dort finden sie ihn sofort.

In den Weihnachtsbaum? Verbotenes Terrain. Da kann er sich gleich begraben. Wär aber jetzt eh schon egal.

Papa folgt der schluchzenden Mama ins Schlafzimmer.

Pepe überlegt fieberhaft. Wenn die beiden jetzt noch

merken, dass er das Freisprechkabel von Papas Smartphone durchgebissen hat, dann war's das endgültig! Pepe liebt Kabel, was soll er denn machen, das ist in seiner DNA!!!

Trotz wallt in ihm auf. Nicht mit ihm! Ich geh nicht ins Tierheim! Niemals! Die spinnen doch! Lieber lebe ich auf der Straße. So schlimm kann das nicht sein. Aber in einen Käfig, wie er im Fernsehen gesehen hat, nur über seine Leiche!

Und außerdem, wenn er, Pepe, nicht mehr da ist, sind Mama und Papa wieder glücklich. Eigentlich ist er dann ein Held. Er wird sich opfern.

Pepe fixiert die Wohnungstür. Er weiß, dass sie nicht abgeschlossen ist. Mama mag das nicht, wegen Feuer und so. Er wird das jetzt genauso machen wie der Kater in der Geschichte, die Mama ihm vorgelesen hat, als er noch ganz klein war.

Pepe nimmt Anlauf und springt. Seine sahneweißen Vorderpfoten treffen punktgenau die Klinke. Die Tür öffnet sich, und Pepe saust blitzschnell die Treppe hinunter. Die nächste Tür. Noch mal das gleiche Manöver.

Geschafft!

Er ist echt eine coole Socke! Wie Sammy!

So, was jetzt? Erst mal wieder zu Atem kommen. Dann nichts wie weg. Nicht dass sie ihn noch finden.

Boah, ist das kalt! Vor allem an den Pfoten.

Pepe ist ja nur sein warmes Zuhause gewohnt. Und manchmal macht er einen kleinen Spaziergang, aber nicht im Winter.

Da geht sein Aussichtsfenster oben im ersten Stock auf. Papa schaut suchend hinaus.

Pepe huscht schnell hinter die Hecke im Vorgarten. Das war knapp. Er muss hier weg, und zwar schnell.

Die Straßenbahnhaltestelle! Er kann sich zwischen den Beinen der Fahrgäste verstecken und reinschummeln.

Pepe flitzt über die Straße. Zum Glück ist gerade wenig Verkehr. Kurz darauf biegt knarzend eine rote Straßenbahn um die Ecke. Pepe, der sich schnell hinter dem Wartehäuschen versteckt hat, schleicht sich zwischen die Beine der Menschen, die einsteigen, und – schwupps – ist er in der Straßenbahn.

Aua! Da ist ihm doch jemand auf die Pfote getreten.

Jetzt bemerken ihn die Leute und tuscheln. Ein kleines Mädchen beugt sich zu ihm und streichelt ihn.

Pepe ist überfordert. Doch keine so gute Idee, Straßenbahn zu fahren.

An der nächsten Haltestelle spurtet er zur Tür und ist mit einem großen Satz draußen. Staunend blickt Pepe sich um.

Das kennt er nur aus dem Fernsehen. Viele Häuser. Riesige Bäume und eine Menge bunter Autos. Überall leuchtende Lampen und Glitter.

Menschen hasten an Pepe vorüber, bepackt mit vielen Tüten. Wo wollen die nur alle hin?

Die Gesichter der Leute sind teils müde, aufgeregt oder gestresst. Manche lachen, Kinder bewundern einen riesigen Weihnachtsbaum auf einem großen Platz.

Pepes Magen knurrt. Sehr laut. Das Frühstück ist schon lange her. Viel zu lange. Zu Hause steht immer Trockenfutter für den kleinen Hunger zwischendurch bereit.

Er spürt einen kleinen Stich im Herzen. Zu Hause …

Nein, jetzt nur nicht weich werden. Er ist ein cooler Kater! Wie Sammy!

Da! Ein köstlicher Duft steigt Pepe in die Nase. Huhn. Gebraten.

Er folgt dem köstlichen Duft und gelangt zu einem Haus in einer kleinen Nebenstraße, im Parterre ist das Küchenfenster geöffnet. Pepe schaut sich um. Weit und breit niemand zu sehen. Mit einem Satz springt er aufs Fensterbrett und äugt vorsichtig in die Küche.

Die Pfanne mit dem gebratenen Huhn steht auf dem Herd.

Pepe läuft das Wasser im Mund zusammen. Mit einem Satz ist er auf dem Herd und schnappt sich das Hähnchen. In dem Moment geht die Küchentür auf, und eine alte Frau stürmt herein. »Du räudiges Mistviech, dir werd ich's zeigen. Gib sofort das Huhn wieder her!!« Erbost wirft sie ein Küchenhandtuch nach Pepe.

Dem entgleitet das viel zu schwere Huhn bei der Flucht durch das Küchenfenster.

Trotz der Niederlage amüsiert er sich. Die alte Frau hat wie die Witwe Bolte in *Max und Moritz* ausgesehen, und er war dann Max oder / und Moritz. Pepe liebt die zwei Lausbuben. Allerdings bekommen die beiden in der Geschichte das Huhn.

In der Ferne hört er die Frau immer noch schimpfen. Er läuft weiter in der Hoffnung, irgendwo etwas Leckeres zum Fressen aufzutreiben. Bis ihn ein lautes Bellen aufhorchen lässt.

Ein großer Schäferhund hat zwei kleine Jungen in die Ecke gedrängt und kläfft sie bedrohlich an. Ein tiefes Knurren kommt dabei aus seiner Kehle. Sein Frauchen ruft hilflos Kommandos, doch der Hund reagiert überhaupt nicht. Blöderweise ist er ohne Leine.

Pepe nähert sich vorsichtig.

Die beiden Jungs weinen vor Angst. Jetzt ist Handeln angesagt. Ohne lange nachzudenken, springt Pepe todesmutig auf das riesige Tier und erwischt die empfindliche Nase des Hundes mit seinen scharfen Vorderkrallen. Also war der grüne Samtsessel doch zu etwas nutze.

Das Tier jault vor Schmerz auf, lässt von den Jungen ab und flüchtet zu seinem Frauchen. Auch die beiden Kinder rennen weg, so schnell sie können. Einer dreht sich zu Pepe um und winkt ihm zu. Und Pepe nimmt auch lieber Reißaus. Ehe der Hund sich wieder aufgerappelt hat.

Mit stolz geschwellter Brust schreitet Pepe die Straße entlang. Er ist ein Held. Und Hunde gehören in der Stadt an die Leine. Das weiß er sehr genau aus dem Fernsehen.

»Das war ja ’ne tolle Aktion, Tiger.«

Pepe dreht sich suchend nach der Stimme um.

Sammy sitzt mit zuckendem Schwanz auf einem steinernen Pfeiler eines Gartenzauns und schaut auf Pepe herab.

Der ist plötzlich sehr aufgeregt. »Hi«, kommt es etwas quietschig aus seinem Hals.

»Ich kenn dich doch, du bist doch der Stubentiger in dem großen Panoramafenster. Was machst du denn hier draußen? Vom Balkon gefallen?«

»Nee, ich bin abgehauen. Fand es doof bei meinen Leuten.«

Sammy betrachtet Pepe mit Nachsicht. »Na, du musst es ja wissen.« Er springt geschmeidig von seinem Pfeiler.

»Außerdem haben wir keinen Balkon.«

»Aha.« Sammy geht die Straße entlang. Pepe folgt ihm.

Er fängt an zu plappern und erzählt Sammy von seinen Eltern, die ihn heute ins Tierheim bringen wollten und wie er gerade noch abhauen konnte.

»Warum wollten sie dich ins Tierheim bringen?«

Pepe druckst herum und gibt zu, dass er den einen oder anderen Blödsinn verzapft hat.

»Deshalb wird man nicht ins Tierheim gebracht. Also meistens nicht. Das gehört dazu, wenn man eine Katze hat. Dass sie Blödsinn macht.«

Pepe seufzt. »Und dann noch an Weihnachten!«

»Glaub mir, Tiger, jeder andere Tag ist dafür genauso beschissen. Weißt du, das liegt nicht an dir. Sie haben andere Probleme, und du musst halt herhalten«, versucht Sammy den traurigen Kater zu trösten.

»Was mach ich denn jetzt?« Pepe ist sehr kleinlaut geworden.

»Wie hast du dir das Ganze eigentlich vorgestellt?«

»Noch gar nicht.«

Sammy schweigt.

Pepe druckst weiter herum. »Ich habe Hunger. Wie machst du das?«

»Mäuse und Vögel jagen. Schon mal gemacht?«

Pepe schüttelt betreten den Kopf.

»Dann rate ich dir, du gehst zur regelmäßigen Fütterung.«

Sammy erzählt Pepe von der Fütterung der Streuner am Tierheim.

»Tierheim? Aber da will ich doch nicht hin.«

»Schon kapiert. Du musst da ja nicht bleiben. Nur fressen. Fürs Erste.«

Pepe zögert.

»Überleg es dir. *See you*, Tiger.« Sammy biegt ab und verschwindet in einem Busch.

Pepe schaut sich um. Er ist mit Sammy in einem Park gelandet.

Da, da huscht was! Eine Maus! Tatsächlich. Hat er mit Papa draußen auch schon gesehen. Aber der hat immer an der Leine gezogen, wenn Pepe sie fangen wollte. »Pepe, die wollen auch leben. Du hast doch dein Futter.«

Ja, jetzt aber eben nicht!

Pepe lauert, seine Schnurrhaare zucken. Dann macht er einen Satz Richtung Maus. Die kann gerade noch entwischen. Pepe lauert weiter.

Schau! Ein Gänseblümchen! Im Winter! Wenn das keine Hoffnung ist.

Da! Die Maus! Doch sie entkommt ihm schon wieder und verschwindet in einem Loch.

Pepe ist enttäuscht, er hat sich wieder mal ablenken lassen Er ist zu nichts nutze. Ein verzärtelter Stubentiger eben.

Er fühlt sich mutterseelenallein. Außerdem ist es so kalt, vor allem an den Pfoten. Er muss an das »Mädchen mit den Schwefelhölzern« denken. Bei der Geschichte weint Mama immer. Er wird genauso erfrieren wie das Mädchen im Märchen.

Pepe kriecht unter eine Hecke und rollt sich fest ein. Nicht lange, dann schläft er tief und fest.

Er träumt von Mama, wie er mit ihr kuschelt, sich ganz fest an ihre Beine schmiegt, so dass sie fast über ihn stolpert.

Lachend legt sie sich auf den Boden zu ihm und krault ihm Bauch und Kinn.

Plötzlich kommt ein riesiges gebratenes Huhn und verfolgt ihn. Pepe flüchtet und landet in seiner Transportbox. Zack, ist das Gitter zu. Papa feixt ihn durch die Tür an.

Panisch wacht Pepe auf. Er muss sich erst mal orientieren.

Es ist dunkel geworden. In den Fenstern der Stadt funkeln anheimelnde Lichter.

Pepe muss mal. Dringend. Kein Katzenklo, was soll er machen?

Okay, dann eben einfach so. Er macht sein Geschäft, und dann versucht er, das Ganze im Gras zu verscharren. Geht nicht. Die Erde klebt unangenehm zwischen seinen Zehen.

Mann, ist das doof! Pepe ist der Verzweiflung nahe. Er hat so Heimweh, stirbt fast vor Hunger, und ihm ist schweinekalt. Er verlässt den Park und erstarrt.

O Gott, da sind seine Eltern. Sie steigen aus ihrem Auto. Fast möchte er hinlaufen, aber im letzten Moment sieht er den Transportkorb. Nein, er bleibt hart. Er schafft das. Schnell flitzt er auf die andere Seite des Parks.

Mist, jetzt ist er auch noch in eine Pfütze getreten. Sein ganzes Fell ist klitschnass.

Im Vorbeigehen schaut Pepe sehnsüchtig in die erleuchteten und weihnachtlich geschmückten Häuser. Hier sitzt eine Familie an einem reich gedeckten Tisch und ist festlich gekleidet. Warmer Kerzenschein taucht sie in ein goldenes Licht. Im Hintergrund des Zimmers steht ein Weihnachtsbaum, genauso schön wie in Pepes ehemaligem Zuhause.

Der Vater gibt der Mutter einen Kuss, die Kinder sind fröhlich.

»Tiger, das ist nicht überall so.« Sammy steht plötzlich neben Pepe. »Ganz viele sind heute allein oder streiten, oder sie tun nur so, als wäre alles toll.«

Pepes Augen haben sich mit dicken Tränen gefüllt.

»Weißt du, nicht jeder ist für ein Leben auf der Straße gemacht. Wir sind alle anders. Das ist kein Wettbewerb. Ich bin damals auch weggelaufen, aber ich habe es nie bereut. Brauchte meine Freiheit. Das war meine Bestimmung.«

»Was ist denn dann meine Bestimmung?«

»Deine Bestimmung? Du scheinst ein lieber Kerl zu sein. Du wirst immer anderen Freude bereiten, egal ob Menschen oder Tieren. Geh ins Tierheim, du findest schnell eine andere Familie. So gut, wie du aussiehst.« Sammy lacht aufmunternd.

Pepe schnieft.

»Komm, Tiger, ich bring dich hin.«

Vor einem großen eingezäunten Gelände bleibt Sammy stehen.

»Dort ist es«, er zeigt auf ein flaches Gebäude am anderen Ende des Zauns, »die werden dir helfen.«

»Willst du nicht mitkommen?«

Sammy winkt ab.

»Aber du musst doch was fressen?«

»Da sind so ein paar Weihnachtshasser, die grillen immer draußen an Heiligabend. Da fällt genug für mich ab. Sind total lustig, und es ist warm am Grill.«

Sammy dreht sich um und spaziert von dannen. Pepe ruft ihm nach. »Wie heißt du eigentlich?«

Sammy stoppt. »Ich weiß meinen Namen nicht mehr.«

»Ich habe dich Sammy genannt.«

»Sammy?« Der große rote Kater denkt kurz nach. »Gefällt mir.« Dann kommt er zurück und klopft dem verzagten Pepe mit der Pfote auf die Schulter. »Du schaffst das. Wir sehen uns, Tiger!«

Dann verschwindet er in der Dunkelheit.

Pepe hat sich durch den Zaun gezwängt und schleppt sich mit letzter Kraft vorwärts.

O Gott, was ist das??

Lauter weiße dicke Flocken tanzen vor seinen Augen. Verwundert schaut er in den dunklen abendlichen Himmel. Das muss der heiß ersehnte Schnee sein, von dem alle gesprochen haben. Und der Schnee ist … nass!

Ausgerechnet!

Pepe ist durchgefroren bis auf die Knochen. Seine hellen Pfoten sind schmutzverkrustet und nun auch noch nass und eiskalt. Und er ist fast schon verhungert.

So müssen sich Josef und Maria aus der Weihnachtsgeschichte gefühlt haben, als sie überall vergeblich wegen einer Herberge an die Türen geklopft haben.

Endlich! Der Eingang vom Tierheim. Alles ist besser, als einsam zu sein, zu erfrieren oder vor Hunger zu sterben!

Ein Gedanke schießt Pepe durch den Kopf.

Schon komisch. Er ist abgehauen, um nicht ins Tierheim gebracht zu werden. Jetzt landet er doch dort.

Ein riesiges beleuchtetes Plakat hängt über der Tür.

Darauf ist ein weißes Kuschelkissen mit einem kleinen schwarz-weißen Katzenkind zu sehen, rundherum Tannengrün und Weihnachtsschmuck.

Pepe staunt. Sieht gemütlich aus. Vielleicht hat das Tierheim ja doch Vorteile. Ist aber eh egal, er braucht jetzt dringend Hilfe.

Die Tür ins Foyer öffnet sich automatisch. Drinnen ist alles weihnachtlich geschmückt. Es riecht nach Futter und Plätzchen. Er würde jetzt alles fressen. Niemand zu sehen – bis auf zwei Menschen am Tresen.

Pepe traut seinen Augen kaum. Seine Eltern! Oder halluziniert er schon vor Hunger und Kälte? Die beiden reden hektisch auf eine nett aussehende Frau mit Weihnachtsmütze hinter dem Tresen ein.

Mama wedelt aufgeregt mit einem Ausweis. Einem Tierausweis. Pepe schnappt Wortfetzen auf: Chip auslesen … weggelaufen …

Papa versucht es etwas sachlicher: »Pepe ist ein großer, sehr schöner schwarz-grau getigerter Kater mit weißem Lätzchen und weißen Pfoten. Er ist sehr zutraulich und lieb, vielleicht hat ihn ja jemand mitgenommen und hier abgegeben. Ein Viertel Britisch Kurzhaar.«

Mama weint. »Ich weiß nicht, wie ich ohne Pepe leben soll!«

Papa nimmt Mama fest in den Arm.

Wie? Was? Ohne ihn leben sollen? Hat er da was missverstanden, heute Morgen??

Egal, er muss sich jetzt bemerkbar machen. Er friert so mörderisch.

»Miau«, kommt es heiser und leise aus seinem Maul.

Seine Eltern drehen sich um. Mit einem Aufschrei rennt Papa zu Pepe, reißt ihn hoch und drückt ihn fest an sich.

Nicht so fest! Ich bin doch kein Plüschtier!

Von irgendwoher kommt eine Decke, in die er gehüllt wird. Ein Katzenstängchen findet den Weg in sein Maul. Pepe verschlingt es gierig.

Etwas heißes Nasses tropft auf seinen Kopf. Weint Papa etwa? »Ich wollte dich gestern nicht so anschreien. Es tut mir so leid!!«

Jetzt spürt er auch Mamas warmen Körper und riecht ihren vertrauten Duft nach Zimt und Zuhause.

Jemand räuspert sich hinter ihnen.

Ein junger bärtiger Tierpfleger, ebenfalls mit Weihnachtsmütze, steht mit Pepes Transportbox im Foyer.

Moment mal! Pepe muss erst mal seine Augen scharf stellen. Ist da jemand drin?

Tatsächlich! Ein kleines schwarz-weißes Katzenkind.

Etwa das Kleine vom Plakat?

Pepe versteht nur Bahnhof.

»Das ist dein neuer kleiner Bruder. Weil du doch immer so allein bist, wenn wir arbeiten sind.«

Epilog

Pepe liegt gemütlich, mit vollem Thunfischbauch, frisch geputzt auf seiner Kuscheldecke auf dem Fensterbrett. Währenddessen tobt der neue kleine Kater wie ein Kugelblitz durchs Wohnzimmer.

Das kleine Schwarz-Weiße kennt keine Höflichkeit. Es rennt über Pepe drüber und merkt es in seinem Glück nicht mal.

Das war es also! Mama wollte einen Spielkameraden für

ihn und einem anderen Kätzchen eine Chance geben. Sie ist einfach toll. Und Papa hatte Sorge, dass Pepe sich zurückgesetzt fühlen könnte. Deshalb hatten sie so viel gestritten.

Pepe gelobt in Gedanken Besserung. Er wird nicht mehr so viel Unsinn machen!

Während Pepe so vor sich hin grübelt, klettert sein neuer Kamerad in einem Affentempo den Samtvorhang im Wohnzimmer hoch. Holla, die Waldfee, denkt sich Pepe, das habe ich mich nie getraut. Aber seine Eltern lächeln nur und freuen sich.

Tja, zweites Kind, da wird man entspannter …

Pepe horcht in sich rein und fühlt einen Hauch von Eifersucht. Doofes Gefühl.

Jetzt springt der kleine Kater mit Anlauf in den Weihnachtsbaum, der mit dem Art-déco-Schmuck von Mamas Oma dekoriert ist. Der Baum wackelt gefährlich. Das kann Pepe besser! Jetzt ist ja wohl alles erlaubt! Mit einem mächtigen Satz springt Pepe hinterher.

Krachend fällt der Baum um.

Mama und Papa brechen in tosendes Lachen aus, prosten sich zu und küssen sich.

Pepe kriecht unter dem Baum hervor, ein Seitenblick auf seinen neuen Bruder sagt ihm, dass er in Ordnung ist. Der Kleine gurrt beglückt und saust aus dem Wohnzimmer.

Pepe will hinterher, hält kurz inne und denkt: Ich werde dich Pedro nennen, so heißt doch der Esel bei *Don Quijote*. Oder doch anders?? Ach egal, Pedro gefällt mir.

»Aber mein Leben, mein ganzes Leben, wie auch immer es sich äußerlich gestalten mag, jeder Augenblick meines

Lebens wird jetzt nicht zwecklos sein, wie bisher, sondern zu seinem alleinigen, bestimmten Zweck das Gute haben. Denn es liegt jetzt in meiner Macht:

Meinem Leben die Richtung auf das Gute zu geben.«

Er hat wirklich recht, der Herr Tolstoj.

Pepe zwinkert Mama und Papa kurz zu, wie das nur Katzen können, und rennt mit einem übermütigen Hopser Pedro hinterher.

THOMAS SPARR

Fortleben … Die dressierte Katze

Um halb acht schlossen auch wir die Tür hinter uns. Die Einzige, von der ich Abschied nehmen musste, war Moortje, meine kleine Katze, die ein gutes Heim bei den Nachbarn bekommen sollte, wie auf einem Briefchen an Herrn Goldschmidt stand. Die aufgedeckten Betten, das Frühstückszeug auf dem Tisch, ein Pfund Fleisch für die Katze in der Küche, das alles erweckte den Eindruck, als wären wir Hals über Kopf weggegangen. Eindrücke konnten uns egal sein. Weg wollten wir, nur weg und sicher ankommen, sonst nichts.
Fortsetzung morgen. *Deine Anne*

Als Anne Frank sich am Morgen des 6. Juli 1942 mit ihrer Familie auf den Weg in das Versteck in der Prinsengracht macht, in dem sie fast zwei Jahre lang Zuflucht vor der Verfolgung auf engstem Raum finden sollte, muss sie in der Wohnung im Merwedeplein im Süden Amsterdams ihre Katze Moortje zurücklassen, wie sie zwei Tage später ihrer imaginären Freundin Kitty berichtet.

Am Sonntagnachmittag hat ein Bote den »Aufruf« der SS überbracht, nach dem sich Margot, die drei Jahre ältere Schwester von Anne Frank, an einem Sammelplatz einzufinden habe. Als Anne das hörte, erschrak sie schrecklich. »Ein Aufruf! Jeder weiß, was das bedeutet. Konzentrationslager und einsame Zellen sah ich vor mir auftauchen …« Das besetzte Amsterdam sollte »judenrein« gemacht werden, die Familie hatte sich auf den Fall des Deportationsbefehls vorbereitet und im Hinterhaus des Kontors in der Prinsengracht 263 ein Versteck vorbereitet. So fiel die Entscheidung rasch, die Helfer kamen schon am Sonntagabend, um einige Sachen dorthin zu bringen. Die verlassene Wohnung sollte glauben machen, dass die Familie in die Schweiz geflohen sei und nicht nur ein Stadtviertel weiter. Am Montagmorgen bricht Familie Frank auf, Margot fährt mit Miep Gies, der mutigen Helferin, mit dem Rad voraus:

So gingen wir dann im strömenden Regen, Vater, Mutter und ich, jeder mit einer Schul- und Einkaufstasche, bis obenhin voll gestopft mit den unterschiedlichsten Sachen. Die Arbeiter, die früh zu ihrer Arbeit gingen, schauten uns mitleidig nach. In ihren Gesichtern war deutlich das Bedauern zu lesen, dass sie uns keinerlei Fahrzeug anbieten konnten. Der auffallende gelbe Stern sprach für sich selbst.

Von der geliebten Katze Abschied zu nehmen, ist Anne schwergefallen. Das Tier lebte schon ein Dreivierteljahr bei der Familie. Anne hat erstmals in einem Brief an die Großmutter im April 1942 von ihm erzählt, und sie wünschte sich sehnlichst kleine Kätzchen. »Sie ist ein Weibchen, und ich hoffe bald auf Kinder, da sie im Augenblick viele Männer trifft.« Anne hat sie Moortje genannt, weil ihr schwarzes Fell sie ans Moor erinnert. Immer wieder schildert sie in ihren Aufzeichnungen die Erlebnisse mit der verspielten Katze. Am Morgen ihres 13. Geburtstags am 12. Juni 1942 begrüßt Moortje sie mit Purzelbäumen. Das liegt erst wenige Wochen zurück, und an diesem Tag erhält Anne als Geschenk auch das Album, das zu ihrem Tagebuch wurde.

Auch nachdem sie die Katze am Merwedeplein zurücklassen musste, bleibt das Tier in ihren Gedanken. »Moortje ist mein weicher und schwacher Punkt. Ich vermisse sie jede Minute, und niemand weiß, wie oft ich an sie denke.« Doch sie weiß, dass sich die ehemalige Nachbarstochter Toosje Kupers gut um sie kümmert.

Im März 1943 berichtet sie Kitty von zwei neuen Katzen im Kontor, die sie an Moortje erinnern:

Moffi kennst du noch nicht, aber sie ist schon in der Firma gewesen, bevor wir uns hier versteckten. Sie ist die Lager- und Bürokatze und hält die Ratten vom Lager fern. Auch ihr politischer Name ist leicht zu erklären [nach den Moffen, der in den Niederlanden gängigen Bezeichnung für Deutsche, TS]. Eine Zeit lang hatte die Firma zwei Katzen, eine für das Lager und eine für den Dachboden. Manchmal trafen sich die beiden, was immer zu heftigen Kämpfen führte. Die Lagerkatze war immer diejenige, die angriff, während das Dachbodentier am Ende doch den Sieg errang. Genau wie in der Politik. Also wurde die Lagerkatze die Deutsche oder Moffi genannt, und die Dachbodenkatze der Engländer oder Tommy. Tommy ist später abgeschafft worden, und Moffi dient uns allen zur Unterhaltung, wenn wir hinuntergehen.

Eine Woche nach den Franks sucht auch die Familie von Peter van Pels in der Prinsengracht 263 Zuflucht. Ihm haben seine Eltern erlaubt, worauf Anne verzichten musste: Er durfte Mouschi mitbringen, einen »mageren schwarzen Kater«.

Anfangs konnte Anne sich mit dem Kater nicht so recht

anfreunden: »Mouschi, die Katze, wird mit der Zeit netter zu mir, aber ich habe immer noch ein bisschen Angst vor ihr.« Doch das gibt sich bald: »Musschi *[sic!]* ist jetzt wieder bei ihrer Mutter, wie ein kleines Kätzchen. Ich habe sie ganz zugedeckt, und sie sieht süß aus.«

Das Spiel mit den Katzen bringt Abwechslung in den düsteren Alltag der Jugendlichen. Anne erzählt, wie am 24. Januar 1944 der heranwachsende Peter Moffi auf den Rücken dreht und der verdutzten 14-Jährigen zeigt, woran sie erkennen kann, dass es sich um einen Kater handelt.

Jeden anderen Jungen, der mir so »das männliche Geschlechtsteil« gezeigt hätte, hätte ich nicht mehr angeschaut. Aber Peter sprach ganz seelenruhig über das sonst so peinliche Thema und hatte überhaupt keine Hintergedanken, sodass ich mich schließlich beruhigte und auch normal wurde. Wir spielten mit Moffi, amüsierten uns gut, tratschten miteinander und schlenderten schließlich durch das Lager zur Tür.

Mit Katzen verbindet sich im Tagebuch das Leichte, Heitere, Humorvolle, Anne Franks Lachen, das ihr Moortje ebenso wie Moffi, Tommy oder Mouschi entlocken.

An einem Tag im Mai 1944 setzt sich Mouschi neben das Katzenklo auf dem Dachboden und verrichtet sein Geschäft, das dorthin tropft, wo sich die Untergetauchten aufhalten. Peter versucht schnell einzuschreiten und läuft nach oben. »Ein lautes Spektakel folgte, und Mouschi, die fertig gepinkelt hatte, rannte hinunter.« Unten breitet sich eine Pfütze aus:

Ich bog mich vor Lachen. Der Anblick war auch zu komisch, die geduckte Mouschi unter einem Stuhl, Peter mit Wasser, Chlorpulver und Lappen, und Herr van Daan am Beschwichtigen. Das Unglück war schon bald behoben. Aber es ist eine bekannte Tatsache, dass Katzenurin schrecklich stinkt. Das bewiesen die Kartoffeln gestern nur allzu deutlich, auch die Holzspäne, die Vater in einem Eimer herunterbrachte, um sie zu verbrennen.

Der eigentliche Durchbruch des *Tagebuchs der Anne Frank* vollzog sich nicht in Form eines Buches, sondern auf der Theaterbühne. Im Oktober 1955 gab es die Welturaufführung vom *Diary of Anne Frank* im Cort Theatre am Broadway in New York. Abend für Abend strömten die Zuschauer:innen ins Theater – und am Tag darauf in die Buchhandlungen, um das gleichnamige Tagebuch zu erwerben. Fortan gingen das Buch und das Stück um die Welt – und mit ihnen Anne Franks Katze.

Das Stück im New Yorker Cort Theatre brachte das Tier auf die Bühne und war durch das Skript von Goodrich und Hackett für alle späteren Inszenierungen verbindlich – auch für die Kammerspiele in München. Von dort erreichte im November 1956 Otto Frank ein Brief, nachdem der S. Fischer Verlag gebeten hatte, »die Szene mit der Katze im ›Tagebuch der Anne Frank‹ getreu dem Original wiederzugeben«:

Wir haben daraufhin nochmals beim hiesigen Tierschutzverein um die Genehmigung gebeten, eine dressierte Katze für dieses Stück verwenden zu dürfen. Nachdem jetzt der Tierschutzverein seinen Widerstand aufgegeben hat, weil wir eine solche

Katze gefunden haben, ist die Szene selbstverständlich in der Originalfassung eingerichtet worden.

Die Münchner Kammerspiele waren zuvor schon mit Argusaugen betrachtet worden. Die *Süddeutsche Zeitung* wie die *Frankfurter Allgemeine Zeitung*, schon damals selten einer Meinung, hatten Änderungen des Originals bei der Münchner Aufführung moniert. Sie betrafen das Einblenden nationalsozialistischer Lieder während der Aufführung, um den Kontext, die Zeit der Verfolgung, die Nazizeit, hörbar werden zu lassen. Die Leitung des Theaters bemühte sich in Briefen an den Theaterverlag in Frankfurt wie an Otto Frank, die Wogen zu glätten, und versicherte, dass man nur an zwei Stellen Marschlieder eingeblendet habe und beide auch nicht vollständig.

Nun kam aber noch die Katze hinzu. Sie nämlich gab keine Ruhe, nachdem die Münchener sie von der Bühne verbannt und durch ein anderes Tier ersetzt hatten. Das hätten sie nicht tun sollen. Im Dezember 1956 berichtete der S. Fischer Theaterverlag Otto Frank:

In München ist man übrigens unserem Befehl, aus der Schildkröte eine Katze zu machen, sofort nachgekommen. Die arme lebende Katze hat zwei Akte der Vorstellung empfindlich gestört, und man hat sich nun dahingehend entschlossen, es mit einer ausgestopften zu tun; damit sind alle Schwierigkeiten aus dem Weg geräumt.

Anne Franks Katze ließ sich nicht dressieren.

QUELLENVERZEICHNIS

Bettina Balàka
Das Festmahl, S. 34
Originalbeitrag © Bettina Balàka. Abdruck mit freundlicher Genehmigung der Autorin.

Claire Beyer
Das Krippenspiel, S. 7
Originalbeitrag © Claire Beyer. Abdruck mit freundlicher Genehmigung der Autorin.

Dorette Deutsch
Freunde fürs Leben, S. 118
Originalbeitrag © Dorette Deutsch. Abdruck mit freundlicher Genehmigung der Autorin.

Irene Diwiak
Die Anti-Weihnachtskatze, S. 47
Originalbeitrag © Irene Diwiak. Abdruck mit freundlicher Genehmigung der Autorin.

Ellen Dunne
12 Tage Christmas, S. 88
Originalbeitrag © Ellen Dunne. Abdruck mit freundlicher Genehmigung der Autorin.

Roberta Gregorio
Wo ist Federico?, S. 66
Originalbeitrag © Roberta Gregorio. Abdruck mit freundlicher Genehmigung der Autorin.

Gabriela Jaskulla
Kleine Schneekatze, S. 154
Originalbeitrag © Gabriela Jaskulla. Abdruck mit freundlicher Genehmigung der Autorin.

Petra Kleinert
Pepe und das Gänseblümchen, S. 171
Originalbeitrag © Petra Kleinert. Abdruck mit freundlicher Genehmigung der Autorin.

Tatjana Kruse
Weihnachtliche Wohlfühlidylle, S. 143
Originalbeitrag © Tatjana Kruse. Abdruck mit freundlicher Genehmigung der Autorin.

Renée Legrand
Katze oder Hund?, S. 133
Originalbeitrag © Renée Legrand. Abdruck mit freundlicher Genehmigung der Autorin.

Theresa Prammer
Santa Schnurr, S. 76
Originalbeitrag © Theresa Prammer. Abdruck mit freundlicher Genehmigung der Autorin.

Ilke S. Prick
Kein Kätzchen ist eine Insel, S. 21
Originalbeitrag © Ilke S. Prick. Abdruck mit freundlicher Genehmigung der Autorin.

Julya Rabinowich
Süßer die Katzen nie klingen, S. 16
Originalbeitrag © Julya Rabinowich. Abdruck mit freundlicher Genehmigung der Autorin.

Carolin Rebmann
Heldinnen mit Handicap, S. 109
Originalbeitrag © Carolin Rebmann. Abdruck mit freundlicher Genehmigung der Autorin.
(instagram: liah_und_luna)

Thomas Sparr
Fortleben … Die dressierte Katze, S. 189
Originalbeitrag © Thomas Sparr. Abdruck mit freundlicher Genehmigung des Autors.

Franziska Wolffheim
Halleluja auf dem Canal Grande, S. 59
Originalbeitrag © Franziska Wolffheim. Abdruck mit freundlicher Genehmigung der Autorin

Weihnachten – das Fest der Katzen

Katzen lieben Weihnachten … überall blinkt und glitzert und duftet es verführerisch, und aus bunten Geschenkverpackungen werden wunderbare Verstecke.

Von einem Kater, der zur See fährt und an Heiligabend zum Lebensretter wird, einer Katze, die zum Internetstar avanciert und ihrem Herrchen eine ganz besondere Weihnachtsüberraschung bereitet, von einem Kater, der ein neues Zuhause in einer antiken Ausgrabungsstätte gefunden hat und einer Catsitterin wider Willen, deren Leben eine unerwartete Wendung erhält – davon erzählen die hier erstmals veröffentlichten Geschichten von Claire Beyer, Petra Busch, Dorette Deutsch, Carsten Henn, Petra Kleinert, Tatjana Kruse, Theresa Prammer, Christian Schnalke, Sabine Trinkaus, Franziska Wolffheim u. v. a.

Katzen lieben Weihnachten. Die schönsten Geschichten zum Fest. Herausgegeben von Gesine Dammel. insel taschenbuch 5065. 204 Seiten.

NF 658/1/7.25

Stille Nacht, Zaubernacht

Weihnachten ist die Zeit der Wunder. Das größte aller Wunder feiern wir Jahr für Jahr. In der Weihnachtszeit geschehen aber auch andere Wunder, kleine und nicht ganz so kleine: Wunder der Freundschaft und Freundlichkeit, Wunder der Liebe, Wunder, die man nicht erklären kann, und Wunder, die keiner Erklärung bedürfen. Die schönsten dieser Wunder sind hier versammelt: Erzählungen über einen zauberschönen Tag, an dem mit einem Mal sich alles zum Besseren wenden kann.

Mit Geschichten von Thomas Bernhard, Bertolt Brecht, Truman Capote, Axel Hacke, Marie Luise Kaschnitz, Erich Kästner, Alexander Kluge, Siegfried Lenz, Paul Maar, Carson McCullers, Eugen Roth, Patrick Roth, William Saroyan, Urs Widmer, Barbara Wood und vielen anderen.

Die Wunder zu Weihnachten. Geschichten, die glücklich machen. Herausgegeben von Clara Paul. insel taschenbuch 4401. 235 Seiten

NF 337/1/7.16

Wunderbare Weihnachtsgeschichten

Weihnachten ist das Fest der Besinnlichkeit und Symbol immer wieder erneuerter Hoffnungen. Über allen der Wunsch nach Frieden in der Welt und Glück im privaten Leben.
Die hier versammelten Geschichten erzählen vom Wunder der Heiligen Nacht, mit dem alles begann, vom Kindheitstraum Weihnachten und vom Fest im Kreis der Familie, ebenso wie von freudiger Erwartung und davon, was in dieser besonderen Zeit alles passieren kann.
Mit Texten von Hans Christian Andersen, Peter Bichsel, Bertolt Brecht, Alex Capus, Peter Handke, Hermann Hesse, Erich Kästner, Rafik Schami, Wilhelm Schmid, Uwe Tellkamp, Elizabeth von Arnim, Marieluise Fleißer, Marie Luise Kaschnitz, Selma Lagerlöf, Root Leeb, Else Lasker-Schüler, Sheila O'Flanagan u. v. a.

Das große Weihnachtsbuch. insel taschenbuch 4936. 330 Seiten.

NF 581/1/7.23

Dieses Fest werde ich nie vergessen …

Voller Vorfreude werden die Weihnachts- und Adventstage erwartet, und kaum jemand kann sich ihrem Zauber entziehen. Nicht nur für Kinder, sondern auch für die meisten Erwachsenen ist es die schönste Zeit des Jahres. Alle Jahre wieder … Und doch gibt es Feste, die einem in ganz besonderer Erinnerung bleiben – von unvergesslichen Weihnachtserlebnissen erzählen die Autorinnen und Autoren dieses Bandes: von schlittenfahrenden Wunderkerzen in winterlicher Nacht, von schwarzen Weihnachtsmännern in der bayerischen Provinz, von süßen Katastrophen beim Schokofondue und Geschenken, die einen in Staunen versetzen.

Heitere und bewegende, komische und traurig-schöne Geschichten von Eva Demski, Tanja Dückers, Elke Heidenreich, Tatjana Kruse, Christina zu Salm, Herrad Schenk, Franziska Wolffheim, Friedrich von Borries, Eckhart von Hirschhausen, Volker Reiche, Wilhelm Schmid u.v.a.

Ein unvergessliches Weihnachtsfest. Herausgegeben von Gesine Dammel. insel taschenbuch 4554. 220 Seiten